エリザベスの友達

村田喜代子

新潮社

エリザベスの友達

装画　マルー
装幀　新潮社装幀室

I

食堂兼リビングの大きな窓が黄昏れてくると、今年九十七歳になる母親を見にきた千里《せんり》は急き立てられるような気分を催してくる。旅の宿、病院、介護施設、どこといって定めはなく自分の家から離れて迎える暮れ方は、寂寥感が忍び寄る。千里はここで暮らしている人間ではないけれど、夕陽の最後の黒い燃え滓が林に崩れ落ちるのを見ると、胸騒ぎを覚えた。

「ああ、よく燃えるもんだねえ」

車椅子の上から母親の初音《はつね》さんが間延びした声で言う。夕焼けのことを言っているのかと思うと、

「あのぶんじゃあ旭街《アサヒ》も燃えてるね。マントウ屋の奥さんには世話になったけど。気の毒にねえ」

戦後生まれの千里もマントウが中国語の饅頭であることはわかる。すると初音さんが見て

いる火は引き揚げてくる前の中国のどこかの町の火事だろうか。初音さんは福岡県の香椎で生まれ育ち、結婚して夫婦で大陸へ渡った。父親は奥地の現地人を使って食料品を調達し、天津の日本総領事館に納める商売をやっていた。当時の天津は各国の租界が設けられて戦時色も薄く、贅沢できらびやかな欧米風のエキゾチックな街だった。

写真立てには、天津時代の、ロングスカートを穿いて花飾りの帽子をかぶったモダンガールみたいな初音さんが写っている。敗戦のとき、初音さんの夫は仕事で奥地へ入っていたまま音信が途絶え、天津で生まれた六歳の長女、千里の姉の満州美《ますみ》を連れて引き揚げてきた。大陸で初音さんが味わった苦労はその帰国の前後の転変だ。

「ああ、よう燃えた火じゃったわ」

夕陽の燃え滓が消えてしまうと、初音さんは年寄りの猫みたいなゆるいアクビをした。それからふと何事かを思い出したように火の消えた暗い空を見る。そして急に口調があらたまって別人のようになり、車椅子の上で背筋を伸ばして言った。

「あたしとしたことがずいぶん長居をしてしまいました。申しわけありません。それではお暇いたします」

リビングでは杖や歩行器、車椅子などでやってきた年寄りたちが、潮の退くように自分たちの部屋へ引き揚げて行く。

「帰ろう、早よう帰ろう」

と誰か一人が言うと、他の年寄りたちもふらふらとその声に反応して、

「あたしも帰る帰る」

「帰る帰る帰る」

帰る所のない年寄りのその言葉は妄語である。千里は車椅子の前に回ると何食わぬ顔で、

「それではお帰りになりますか。玄関までお送りいたしましょうね」

と話を合わせると、

「いたみいります」

と初音さんは時代がかったしぐさで丁重に頭を下げる。ま、確かに初音さんは昔の人である。千里は初音さんの乗った車椅子をホームの玄関の方へではなく、左手奥の廊下へ押して行く。右手は男性入居者で、左側はとくに手のかかる高齢の女性入居者の個室が並び、初音さんは一番手前の部屋に入る。車椅子からベッドに体を移すときは、千里が手を貸すと自分でできる。その頃になると初音さんの気分はいつの間にか落ち着いておとなしくなる。やがてカラの瓶を逆さに振ったように眠りに入る。

ここへ入所する前、初音さんは二女の千里の家で暮らしていた。近くの商店街で喫茶店を開いている千里は、初音さんの認知症がだんだん進んできて仕事へ通うことが難しくなり、やむなく一昨年にここへ預けた。夕暮れになると初音さんが暇乞いして帰ろうとする所は、娘の千里が住む家ではない。それは年寄りの様子からも察することができる。戦後、遅れて

帰国した夫の俊作《しゅんさく》さんと福岡市の都心近くで輸入雑貨の店舗兼家を持った。その俊作さんも十年前に逝き、初音さんが身辺を片付けて身一つで郊外の千里の元にきたとき、もう初音さんは本当に帰る家を失なっていた。

介護付き有料老人ホーム『ひかりの里』は、介護のいらない自立認定の入居者から、要介護5まですべてのケースを受け付けている終身型の施設である。それで認知の問題のない老人はめったにリビングへやってくることはない。食事は二階の自室ですませるし、部屋でテレビを観たり、気の合った同士で碁や将棋を楽しんだり、ホームの車を頼んで買物などに出かけている。

リビングを占めているのは、ほとんどが認知症の年寄りだ。それも大半が女性である。リビングの隅にはピアノが置かれ、ボランティアのグループが『さくらさくら』や『みかんの花咲く丘』などの古い曲を弾いている。大きなテレビが据えられて、広い丸テーブルにぐるりと年寄りたちが向かい合わせに座らされている。認知症の度合いはみな少しずつ違っているが、そうやって仲間といると穏やかに過ごす。

ただ心がつながっていない認知症の集まりは、ちょっと見には異様である。一人単位の年寄りがばらばらに丸テーブルを囲んでいるだけで、各人あらぬ方向を見ている。彼女たちの小さい体は枝に吊り下がった蓑虫に似ている。外から呼んでも応えはない。初音さんは自分の形なりの巣の中で、外の光をぼんやり感じながらうつらうつら過ごしている。

リビングから左手奥の広い廊下を行くと、一階の110号室が初音さんの部屋で、『天野初音』の表札が掛かっている。その向かって右隣の111号室には『土倉牛枝《とくらうしえ》』という、珍しい名前の表札があった。千里はその表札を見ると、北国の民話に出てくる薄幸の牛女を思い出す。

体の大きな心根の優しい牛女は男の子と二人で暮らしていたが、やがて働き過ぎて病死をする。それから毎年、この地方では春先に山の消え残りの雪形が牛女の姿となって現れて、遺した我が子を見守るという。光の薄い雪国の納屋の奥に光る赤い牛の目を、千里は子どもの頃の絵本で見た覚えがある。それは人間の眼ではなかったが、牛の泣いたような目の赤さが牛女の眼と妙に重なってしまった。

廊下に沿ったドア越しに介護ベッドの白い布団カバーの端が見えた。年寄りの部屋は通りすがりにも中が見えるよう、必ず衝立を挟んで少し開けてあるのだ。部屋の壁も床も白くて、何だかその向こうに雪国の牛女がひっそり寝ているようである。テレビの音もめったに聞こえてくることはない。

112号室の表札は『宇美乙女《うみおとめ》』と出ている。二昔くらい前の宝塚歌劇のような名前だが、宇美というのはこの地方の地名で今では福岡市のベッドタウンになり、山林の開発が進んでいる。乙女さんは名前とは正反対のがっしりとした体軀で、何ごとか興奮して激情すると髪を振り乱し、寝間着の裾をはだけて大暴れをした。

　この宇美乙女さんを別として、おおむねこのホームの認知症の年寄りは穏やかで気分が安定している。それは千里の見るところ介護が充実しているからではないか。初音さんも千里と暮らしているときは情緒不安定で、怒ったりわめいたり、物がなくなったと言い出したり、トイレに行くのを嫌がって漏らしたり、徘徊したりと大変だった。それがここへくると根気よく便座に腰掛けてくれるようになり、腹を立てることはほとんどなくなった。

　ある日の夕方、そろそろ千里が帰り支度をしていると、初音さんが暗い部屋の窓をしげしげと見て、ギャーッと叫び出した。魚が窓にぶら下がっていると言う。「ちー、ちー、ちー」と指さすので、どうやら血まみれの大きな魚が垂れ下がっているようだ。千里はテレビで大きな鮟鱇《あんこう》を吊して解体する場面を見たことがある。肉と臓物が宙吊りになってコンクリの床に薄切れのように落ちていく。「いやーいやーいやー」と窓際で身をよけようとする初音さん。サッシのガラスにそのぼろぼろの血まみれの魚が、ドスン、ドスンとぶつかってでもくるのだろうか。若いスタッフたちがやってきて、

「大丈夫ですよ、初音さん。魚はいませんよ。何にもいませんよ。ほら、ほら」

　しきりに窓を開けてガラスに触って見せるが、初音さんの絶叫はやまない。そこへベテランの大橋看護師がスッスッと白いナースシューズの音も低く覗きにきて、

「あら魚がいる！　大きなマグロですね。これ、早く海にお帰りなさい！」

初音さんがガタガタ震えながら見ている前で、大橋看護師の太い腕がエイッ、エイッと窓の向こうの夕闇を叩いた。

「ほら、海の中に落ちちゃいましたよ」

大橋看護師が窓の下を指さし、初音さんは安堵の息を吐きながら覗き込んだ。

「あそこに蛇が」

と言えば、

「あらほんと。あたくしに任せて」

とうなずいてみせる。

すると年寄りの眼に映る気味の悪いもの、恐ろしいものは蛇も蜘蛛も鬼も幽霊も陽の光に照らし出され、それからたちまち追い払われたり叩き潰されたりして消滅していく。

「そんなもの、いないと言ってはいけないのよ。眼に見えてるものはいるのよ。だからここには何でもいるんです。あたくしたちはそれをどんどんやっつけちゃうの。スーパーマンよ」

「スーパーマンですか」古いっすねえ。介護福祉士の若者がクッと笑った。「タイガーマスクもいいっすねえ」「仮面ライダーかも」「鉄腕アトム」

「好きなヒーローにおなりなさい」

大橋看護師は苦笑して初音さんの震える背中をなでる。

そういえば千里が初音さんの激高する様子を思い出してみれば、年寄りを諭したり、言い含めたり、叱ったり、止めにかかったりしたときに症状は起きた。「そんなものはないのよ。ほらよく見てごらん」けれど眼に映るものは在るものである。千里だってときどき夢の中にライオンが現れて仰天することがある。千里の店のあるアーケード街をライオンが歩くのだ。

夢の中ではないものが在るものになる。だから初音さんは在るものを見ている。彼女は正しい。正解である。ただ突如、窓に大マグロか大鮫鱇か知らないが、そんなものがぶら下がるので仰天する。震え上がる。戦慄する。絶叫する。この得体の知れないものたちが当面の初音さんを脅かす難問だ。

千里の夢にときどき現れるライオンは、そのうちに、いつかどこかで見たことのあるアンリ・ルソーの絵の刷り込みとわかった。『眠れるジプシー女』という絵である。たいていそんなことは自分でそのうち思い当たる。けれど初音さんの夕暮れの窓に出る幻影は、どこからきたものか周囲には正体不明のままである。

111号室の牛枝さんは本当に北国からきた人だった。

こないだの昼下がり、面会にきたついでに千里は顔馴染みの年寄りを相手にリビングのピアノを弾いた。すると中に混じっていた六十代くらいか、千里と同年輩ほどの女性が手を上げて、母親が好きな美空ひばりの『リンゴ追分』を弾いて貰えないかとリクエストした。彼女の横には車椅子に座った土倉牛枝さんの姿があった。

『リンゴ追分』を弾く間も牛枝さんの皺に埋没した顔は表情が変わらない。千里のピアノの音色が牛枝さんの心にまったく届かないのか、あるいは皺まみれの顔には外からの情報を撥ねのける網のようなものがあって、ピアノの音だけその網目から吸い込まれているのかもしれないという気もする。そうでなければ表情のない年寄りたちの白い埴輪みたいな顔を前に、三十分も独りでピアノを弾くのはつらい。

その後、千里が丸テーブルの端で休んでいると、

「さっきはありがとうございました」

と牛枝さんの娘がそばにきてお礼を言った。彼女は牛枝さんの車椅子を初音さんの隣に押して行って並べると、慣れた手付きで四人分のお茶を給湯室から注いできてテーブルに置いた。母親の牛枝さんとよく似て、彼女も肌の色が抜けるように白く、長身だった。牛枝さんは長野県の山間の村で生まれて娘時代を送ったという。一九二八年生まれで八十八歳、牛枝さんは初音さんより九歳年下というわけだ。

牛枝さんの娘は銀行員の夫の転勤について仙台を出発点に次第に西へ下り、最後は福岡市で退職すると市内に家を持って独り暮らしの母親を長野から引き取った。

「牛枝って変な名前でしょう」

と牛枝さんの娘がおかしそうに言う。

「牛枝の家はわたしの母が生まれるまで、男の子ばかり三人だったんですよ。その頃、もう

日本は満州を占領しようとしていて、キナ臭い時でしたからね。それで祖父は一人娘に家で飼っている牛にあやかって、牛枝って名前を付けたんだそうです」

「牛にあやかって？」

「ええ。牛は戦争に関係がありませんから」

牛枝さんの娘は真顔でうなずく。

「馬は戦争が始まれば軍用馬として駆り出されます」

やがて太平洋戦争の頃になると、ろくに訓練も受けていない農耕馬がにわか仕立ての軍馬に昇格して、立派な鞍を付けられ『出征』の小旗を差した姿で見送られた。その数は八十万頭とも百万頭とも言われた。それから犬にも役目があって、こちらは出征ではなく撲殺された後で毛皮を剝ぎ取られ、中国大陸東北部で戦う兵士の防寒衣に変わった。その犬の数はもう記録にも残ることはない。

「農家にとって馬は息子と変わらなかったんです。母の生家は金森というのですが、だからここの家の息子たちは戦争のときに全滅したんです。金森ユウゾウ、ユウサク、ユウヤ、ハヤト、ナルオ、ミツル」

牛枝さんの娘はすらすらと死んだものたちの名前をあげる。

「息子さん、そんなに沢山いらっしゃったんですか」

お気の毒に、と千里が声をひそめると、

「いいえ。ユウヤまでが人間の息子で、その後のハヤト、ナルオ、ミツルは馬です。北国の農耕馬は体格も良くて力持ちだったそうです。人間の息子以上の働き手で、健気な生きものですからどこの家も子ども同様に大切にしたんです。それが三頭とも出征したんですって。酷い話です。牛だったら行かないのに」

向かいのテーブルでは初音さんの顔が右へ、牛枝さんの顔が左へ向いて、それぞれあらぬ方を眺めている。千里と牛枝さんの娘はこちらでしゃべりながらも、幼い子を見守るように母親から眼は離さないでいる。初音さんと牛枝さんは何だか古色蒼然とした、あちこち縫糸のほつれた人形のようだ。

「一家の主人も息子たちも、おまけに馬まで戦争に駆り出された家には、もう働き手は女しかいなかったんですよ。祖母を助けて、わたしの母も馬のように働いたって言ってました」

「でもどうして牛は出征しないんですか。体もあんなに大きくて力も強いのに。戦地でもし弾が当たって死んでも、肉を食べられるじゃありませんか」

と千里が言う。

「でも馬と牛は頭のね、脳味噌が違うんですって。馬は人間に指示されなくても自分で仕事ができるんです。でも牛はいちいち手綱を引いて指図するんです。だから馬は人間なんです」

彼女は面白い言い方をする。

「じゃあ牛は？」

「牛は牛です」

静かに牛枝さんの娘はうなずいた。向こうの車椅子では牛枝さんが首を曲げてうつらうつらし始めている。

「母はあんなふうに居眠りしながら、亡くなった兄たちの夢を見るそうですよ。三人の兄たちと三頭の馬の夢を見るんです。寝言を聞くのでそれがわかるんです。認知症も悪いばかりじゃありませんね。元気に百まで生きても死んだ者たちに会うことは叶いませんから。でも認知が入るとしょっちゅう夢で会うことができます。寝言で名前を呼んでますものね。ユウゾウ兄さー、ユウサク兄さー、ユウヤ兄さー、えらかったなーって」

牛枝さんの娘の声が長野弁に変わる。九州で北国の言葉をなまで聞くのは初めてだった。

「馬にも言うんですよ。もぐもぐとね、眠りながら言うんです。ハヤトー、ナルオー、ミツルやー。すまなかったなーって。そしたら馬の声が返ってくるんですって。ほんとに聞こえるらしいんですよ。あねっさ。おらだっちいねで、えらかっつらァ。はよ、こっちきまっしょ。おがっつァもいまっさァ」

お姉さん、わたしたちがいなくて、大変だったでしょう。早く、こっちへおいでなさい。おっ母さんもおられます。

牛枝さんにとっては、兄や馬たちがまさに生き返り、蘇って、眼の前にその姿が在る。初音さんも血まみれの魚の宙吊りでなく、もっと会いたい、懐かしい誰かに会うことができればいいのに、と千里は思う。

ベッドに入った初音さんが眠ったのを確かめると、千里は窓のカーテンを閉めて帰り支度をする。枕辺の戸棚には初音さんの夫の俊作さんが、鳥打ち帽をかぶりニッカボッカのゴルフズボンを穿き、クラブを握った姿で写真立てに入っている。黄色く色褪せた写真が過去の積み重なった年月を語っている。それは天津時代の俊作さんだ。九十歳にあと一ヶ月というとき脳梗塞で亡くなって以後、初音さんは夫の顔を少しずつ忘れていった。記憶にあるのは天津時代のハンサムな顔だけだ。

シシャモの干物みたいにベッドに仰臥した初音さんは、肌触りが気に入っていたシルクのネグリジェも、金の指輪も琥珀の玉が下がったネックレスも今は身につけていない。寝間着は歩行しやすい綿パジャマの上下。首のネックレスは千切れやすく、指輪は浮腫が起きたとき外せなくなるので禁じられている。

生きている間、人には相応の生活エリアがある。動けなくなるとそのエリアが車椅子とベッドの範囲に縮小する。棲息エリアの輪がどんどん縮むと、そのうち初音さんはベッドの上だけで生きることになる。そして身体という自分の最後の生存エリアもついになくすと、やがて俊作さんのように白い壺の中の骨片となる。人の生命活動は物理的なものだと、千里は親が老いて分かってきた。

姉の満州美は市内のマンションに住んでいる。父の体質を引いているのか五十代の初めに脳梗塞で倒れ、命は助かったが左半身不随の後遺症を引ずることになった。幸い利き腕の右手が使えるので杖をつくことはできた。独身のまま勤め上げるはずだった県庁を中途退職した後は、定年後の海外旅行三昧の夢も消えた。今は杖をついて近くのコンビニに買物に行くのが一日のリハビリだ。気丈な姉なので人の手を頼むことはめったになく、あるときは躓いて倒れたまま起き上がれず、妹の千里に携帯をかけてきた。

週に二回、千里は店を早めにあがって『ひかりの里』の初音さんを見に行く。その内の一回は満州美をマンションに迎えに行って、初音さんの所を訪なう。初音さんは中国から自分が手を引いて帰ってきた長女のことを忘れている。変な女がきたというような顔をして見る。眉間に気難しげな皺を寄せた七十代の女が、コツン、コツン、と杖をついて入ってくると初音さんは怯えた眼をする。

「わたしよ。わ、た、し。あなたが満州って文字を名前に付けたんじゃないの。天津生まれだから、天子《てんこ》って付けたかったけど、天子様と間違えられて不敬罪になるからってね。今だったら大丈夫なんだけど。わたし、天子って気に入ってるんだけどさ」

ごしゃごしゃとそんなことを言いながら顔付きの悪い女が手を撫でさするので、初音さんは身を縮めている。しかし有料ホームである『ひかりの里』の入所料金の八割方はそんな長女の株式投資でまかなわれている。

帰りに千里は商店街で豚しゃぶの材料を買った。豚肉の蛋白質は高齢者の体に良いという。満州美のマンションの台所で白菜、しらたき、エノキ茸を土鍋でぐつぐつ煮て豚肉を入れる。付け汁には梅干しの叩いたのを加える。気のいい妹は重宝だ。いつも楽しそうに料理を作る。白い湯気が昇る食卓を姉妹で囲み、土鍋の熱い肉を掬い上げる。

「日が暮れるとコトンと寝てしまうので助かるわ」

千里が言う。

「こないだはね寝言で何か言ってるの。オンマ……とかね」

「オンマ？　それって韓国語でしょう」

と満州美がけげんな顔をする。

「でしょう？　初音さんが韓国語知ってるはずないけどね」

「知ってるかもしれないけど。……でも何で韓国語でオンマなの？　お母さんって意味よ」

そう言われると千里は自信がなくなる。

「オンマ、とか、マンマとか、ウンマとか。もしかしてアンマ……とか、アマとか……」

「あ」

と満州美が箸を握った手を止めた。

「アマよ。わかった、初音さんはアマって言ったのよ」

エノキ茸を掬い上げながら言う。

「それってお姉さん、中国語？」

「メイドのことを確かそう呼んでいたわ。十七、八から二十歳過ぎくらいの娘たち。天津のうちの家にも一人いて、アマって呼んでいた。近所の家にもアマが何人かいたわね」

六歳の女の子の記憶はどんな形で仕舞われているか。その頼りなさは認知症の初音さんの頭と同様で靄に覆われている。

「初音さんがどこかへ出かけたときのこと覚えてるわ。家の中はアマとわたしだけになって、わたしたちは初音さんのクローゼットを開けてロングドレスを引っ張り出すと、ぞろぞろ引きずって遊んだのよ。アマがわたしの首に真珠のネックレスを巻いて、頭に大きな花飾りの帽子をのっけてくれた」

いたずらを止めもしないで手伝うなんて、ろくでなしのメイドである。

「アマもドレスを着て耳飾りをぶらさげて、ハイヒールで部屋をコツン、コツンて歩きまわったの」

「そんなことして後で叱られなかった？」

「大丈夫だったみたい。きっとアマが元通りに片付けたのよ。でもね……」

と満州美が湯気の中で首をかしげた。

「ネックレスといい、ハイヒールといい、あの時代に大陸へ移民した満蒙開拓団の女性たちと、天津の生活は夢みたいにかけ離れていたんだろうね」

「天津は租界都市だものね」

と千里も父親のゴルフクラブを握った古写真を思い浮かべる。イギリス租界、フランス租界、イタリア租界など、自国からはるかに離れた中国大陸の海浜都市に、大層な金銭物資が投入されて奇妙な飛び地ができあがった。その中に初音さんが足掛け八年暮らした日本租界がある。

時代は虎視眈々と満州を狙う帝国陸軍の軍靴の後を、百万、二百万という日本民族の大移動が連なっていた。兵隊の後に続いて、貧しい農漁村民に、大工・左官、工員、土工、坑夫、電気屋、写真屋、板前、教員、医者、芸者、芝居役者、興行師、あらゆる職業の人間がその家族を引き連れて海を渡った。

そこに清朝最後の皇帝溥儀《ふぎ》を擁した日本の属国満州国が建国され、首都の新京、奉天などの欧風近代都市が設けられた。日本全国津々浦々、大陸へ満州へと草木がなびくようにみんなで渡って行った道は地獄だった。敗戦後の日本への引き揚げは何年もかかり、帰還船の出る港まで辿り着けず命を落とした日本人は二十万人に近いという。

「とにかく戦後は日本に帰った初音さんも苦労を味わったけど、天津で暮らしていたときは幸せな年月《としつき》だったと思うわ」

満州美は自分に言い聞かせるようにつぶやいた。

「わたし初音さんから引き揚げのときの話、聞いたことがあるの。あんまり当時のことは口にしない人だったけど、たった一度だけ話してくれたのよ」

そう言われると、千里も今まで中国のことについて話らしい話を耳にしたことがない。

「胸にしまっていたのが、ふとポロッと出たのね」

千里は冷蔵庫から缶ビールとグラスを二つ持ってきて、姉の前と自分の前にコン、コンと小さい音を立てて置くとビールを注いだ。戦中戦後の向こうのことは千里の頭の中でぽっかりと開いた空虚な穴だ。

「終戦のとき、お父さんは福建省のお茶の買い付けで奥地に入っててね。ところがもう向こうは大混乱で、途中、日本人とわかれば襲撃されたりするらしいの。結局、お父さんは行方不明のままで、初音さんは子どものわたしを連れて帰国の支度をしたの」

何万人もの列が毎日少しずつ動くのを眺める。それでもやがて長い行列を待つ日が少しずつ縮められていく。ようやく待っていた帰還船の順番がきた。家を捨てて着の身着のままで出る。所持金の額も所持品の数量も決められていた。

「アマにね」

と満州美さんはビールを飲みながら言う。

「初音さんは家も家財道具も洋服も全部、アマに上げたのよ。わたしたちがこっそり隠れて遊んだときの、ドレスも、時計も、扇子も、ネックレスも、指輪も、花飾りの帽子も、ハイヒールもね」

春先の寒さで外套を羽織っていたので、その裏地の内側に紙幣をびっしり縫い込んだ人もいた。米を服やズボンの裾に入れたという話もある。結った髪の毛の中にダイヤの指輪を埋めた女もいた。だが初音さんにはそのとき風邪で発熱していた満州美さんの薬や毛布の方が何より宝物だった。

指示された通り予定の時刻に港に行くと、気の遠くなるほどの人の列が鎖のように何重にも長い岸壁を埋めていた。天津在住の帰還者は幸運である。満州から出てきた人々は大陸を何十日もかけて歩き通して、安東港、大連港、葫蘆《ころ》島の港、そして天津へやってきた。女性は途中で襲われて強姦されるというので、髪を切って顔を炭で黒く塗った。

「八路軍に見つかると殺されるの。それでコウリャン畑に隠れてやり過ごすんだけど、赤ん坊が泣くと口を塞ぐの。自分の赤ん坊一人のために全員が死ぬことになるから。それで我が子を手に掛けて殺すのね。そうして弱った者や病人、年寄りは泣く泣く置き去りにして、歩き通すわけ。だから初音さんはそんな話を聞いてるので、辛くても自分のことは言えないって。我が身の不足は口が裂けても言うてはならぬって」

半日経っても人の列は真っ黒に埠頭を埋め尽くしたままである。やがて再度の指示が出て出発は翌日の昼になった。明日もう一度出直してこいと言われた。帰る所のない者は港の建物に入って寒さをしのぎ、それでも入れない人々は町に溢れた。

「初音さんは熱の出ているわたしをおぶって、今朝、後にした家にもう一度戻ることにしたのね。埠頭は租界地区を流れる大きな白河《はくが》の河岸にあったらしいわ。初音さんはてくてく歩いて元の家に帰ると、戸を叩いたの。でもなかなかアマは出てこない。しばらく叩き続けていると、パタンと二階の窓が開いてアマの顔が見おろしたのよ。彼女は眉を上げて凄い剣幕で戸口に出て来たの。初音さんは黙ってその姿を眺めたって……」

「どんな姿？」

「長い繻子のドレスを着て、昨日まで初音さんがつけてた金のネックレスが光ってたって。両手の指にも一杯指輪をはめていて。ありったけ引っ張り出して夢中になっていたのね」

古いアルバムの煤けた写真が動き出した。中国娘の細いしなやかな肢体が戸口に着飾って立っている。ちぐはぐな皇女様の出来上がり。

「何で帰って来たのか」とアマが言う。初音さんは背中の子をおろして、「今度こそ明日は本当に出て行くから一晩だけ泊めておくれ」と頼む。「もうここはあたしの家だ。あんたのものじゃない」アマの口が無慈悲に動いた。

「すると彼女の後からヌッと男の顔が突き出たのよ。日に焼けて色が黒くて唇の分厚い大男。旭街で肉屋をやっている男だって。日本人なんか入れるな。追い出してしまえ。彼がそう言ったんだって。お願いです。子どもが熱を出しています。今夜だけ寝る所を貸してください」

そのときアマの眼がサッと動いたとみるや、満州美の方に近寄って自分の掌を小さな額に当てた。アッ、と彼女の口が開いた。そして急いで満州美の体を抱き上げると、男がわめき立てるのを構わず家の奥に入って行った。「早く。奥さん。薬を出して」アマが振り返って言う。「ああ、ありがとう、ありがとう」初音さんは後からついて行きながら手を合わせた。

その夜はアマが使っていた女中部屋の寝台に親子で眠った。翌《あく》る朝、アマと肉屋がまだ起きないうちに、初音さんはまた子どもを背負って霜の真っ白に降りた道を埠頭へ急いだ。

2

千里は店の定休日が来ると、車を家に置いて昼からバスで母親の面会に出かける。狭い喫茶店のカウンターの中で終日、立ちずくめで仕事をするため足が浮腫む。千里の急務はとにかくこまめに歩くことだ。

『月夜待《つきよまち》』という一つ手前のバス停で降りて、そこから緩い丘陵地の坂道を登ったり下ったりしながら『ひかりの里』までてくてくと行く。林には秋の太陽が白い錫みたいな光を降り注いでいる。林の紅葉が始まって道は華やいでいる。

『ひかりの里』に着くと、玄関脇に見慣れないバンが停まっていた。車のドアに地元テレビ局の名が記されている。何か取材でもあるようだ。受付で来訪者ノートに氏名を書いて奥へ行くと、同じ並びの１１２号のドアが開いて、撮影機材のものらしい電気コードが廊下に延びていた。

そこは宇美乙女さんの部屋である。中ではテレビ局の女性がベッドのそばに立ち、マイクを持って喋っている。テレビカメラが彼女を撮っているようだった。

「昭和十八年の夏、こちらの宇美乙女さんはご主人が南方戦線に出征されました。その後、乙女さんは二人のお子さんを育てるため、女性の郵便配達員となって毎日二十キロの道を歩き続けました」

ドア越しにベッドの乙女さんの姿は見えない。

「しだいに戦局が厳しくなると、B29爆撃機の空襲も度重なり、乙女さんは何度も命の危機を乗り越えながら、配達業務を続けたのでした」

戦時中は男手が足りなくて、たいていの仕事は女性が代わったのである。しかし女性の郵便配達人がいたことは知らなかった。マイクの女性はベッドの乙女さんと話のやりとりをしようとする。マイクを向けて口を開かせようとする。

「B29が空からやってくるときは、空襲警報が出たそうですね？」

「……」

乙女さんの声は聞えてこない。

「そのときはどうやって逃げたのですか？……町の中なら家の陰など隠れる場所があるでしょうが、野道とか歩いておられたときはどうされましたか？……」

「……」

「お子さんの顔とか浮かんだことでしょうねえ」

「……」

ドアから見えるのはベッドの裾だけだ。乙女さんは起きてベッドに座っているようだ。姿は見えないが質問する女性の目線から推測できる。

マイクを握った女性は乙女さんに語らせることを諦めて、一人うなずくとカメラに向き直った。

「宇美乙女さんは現在、少し認知症が出始めておられます。比較的症状の軽いときは当時のことを話されることもありますが、今日は難しいようで残念です」

乙女さんは九十五歳で千里の母より二歳下だと聞いている。テレビに出すには年を取り過ぎている。もっと齢の下のお婆さんはいなかったのか。しかし九十五歳といえば七十一年前の終戦の年には、ようやく二十四歳だ。既婚女性が郵便配達の業務を担ったのならば、彼女たちの大半が亡くなっていて不思議ではないし、生き残った組は認知症が出ていて当然だ。

「宇美乙女さんのような貴重な生き証人が、だんだん減っていきつつあります。ご存命の内に聞き取りを進めることが急がれます」

もう遅い、と千里は思う。自分たちが生きることにかまけて、親たちの時代をもう一度振り返ることをおろそかにした。戦時下の郵便配達婦のほとんどはもう故人となっているのだった。

くるりとマイクを握った手が動いた。ドアの陰にいるらしい人物にマイクは向けられた。姿は見えないが、いかにも朴訥な男性の声がする。ときどき面会に来る乙女さんの息子のようである。

「ええ。ときどき当時を思い出して語ってくれることはありました。郵便配達をしとって一番辛かったのは、いよいよ戦争末期になると、召集令状がよく来るんだそうです。そのときは気持ちが重うなって、その赤紙一枚で息子ば取られる家の表で行ったり来たり、うろうろしとったそうです。なかなか家に入る決心がつかんやったと言うとりました」

赤紙は即、死の予告も同然だった。普通の暮らしをしている家で、ある日、夫や息子たちにその令状が突きつけられる。女性の郵便配達人には荷が重い仕事だろう。

「それは届けにくいでしょうねえ、本当に」

二人はうなずき合っているようだ。

「でもやっぱりお袋は思い直して、家の戸ば叩いたとですよ。やっぱりですね、国のために働いとるんだという誇りがあったとですやろう。やっぱりね」

「ああ。そうですよね、やっぱり」

そのときいきなり部屋の中から、土鍋でも割れたような乙女さんの声が響いた。

「喧しか!　もう帰れ。みんな部屋ば失《う》せれ!」

ガラガラッと何か投げたような物音がした。マイクの女性の悲鳴と、息子が止める声も聞こえる。宇美乙女さんはいったん暴れ出すと凄いのだ。声を聞いて介護士たちが小走りにやって来た。大橋看護師が後から落ち着いた足取りで現れる。112号室に入って、いつものようになだめにかかる。

「コウゴさん。どうされたんですか。あらあら、こんな物を投げて。割れなくて良かったわ。大事なコウゴさんの旦那さんの写真でしょ」

宇美乙女さんの機嫌を直す方法はただ一つ。彼女のことをコウゴさんと呼べばいいのだ。それは施設中に知れ渡っている不思議な暗号めいている。

認知症には人の数だけ症状があり、情緒不安定で怒りっぽい年寄りが呼び方を変えると穏やかになったりする。その中に、もう亡くなったけれど「シャチョウ」と呼ばれる年寄りがいたものだ。介護士や看護師が「シャチョウ」と呼ぶと現役時代の気持ちを取り戻すかのように落ち着くのだった。

宇美乙女さんもそのケースだ。ただしその「コウゴさん」の意味が誰にもわからない。乙女さんの息子も、介護士も看護師も誰も知らなかった。大橋看護師の前任者がそう呼んでいたということで、当時を知る職員はここにはもういない。

コウゴさんと呼ばれると、怒号していた乙女さんの体がくにゃりとなる。葱が萎れるように温和しくなる。112号室は静かになった。

部屋から足音を忍ばせて、介護士、大橋看護師、乙女さんの息子、マイクを握った女性、テレビカメラやライトを抱えた男性たちが、次々に廊下へ出て来る。乙女さんは眠ってしまい、撮影は失敗というわけだ。

千里が初音さんを車椅子に乗せてリビングに行くと、今日も土倉牛枝さん親子に会った。いつものように千里はお年寄りにピアノで童謡や懐メロを弾いて聴かせる。その間、牛枝さんの娘が初音さんの様子も見てくれた。ピアノを弾き終わると、牛枝さんの娘が二人分のコーヒーを淹れて来た。初音さんと牛枝さんは車椅子でうつらうつらと眠っている。

千里は宇美乙女さんの部屋にテレビ局が来たことを、コーヒーを飲みながら話した。牛枝さんの娘はさっきここへ来たばかりで何も知らなかった。

「そうだったんですか。乙女さんが女性の郵便配達だったとはねえ……。お見それしました」

牛枝さんの娘は何だか意外そうな顔をする。

「戦時中の郵便配達って、何か特別な人なんですか？」

千里は気になって尋ねてみた。

「ええ、当時の手紙は毛筆も多いんですよ。牛枝が言ってましたけどね、この仕事は崩し字の宛先、住所が読めなくては勤まらないんですよ。昔は字の書けないおとなが沢山いましたから、毛筆の、それも崩し字がすらすら読める女性は、田舎の方ではよほど高学歴か、良いうちの奥さんたちですって」

そうか、そういう女性たちが、世が世なら深窓の奥さんでいるところが、戦争で男たちが出征し、残った家族に食べさせる米・野菜を自分の着物などと交換するため村々をまわって歩いた。郵便配達は彼女たちの格好の仕事だった。

「牛枝はその頃まだ結婚前の娘でしたから、学校と家の野良仕事に追われていたんでしょうね。村に郵便配達の婦人が来ると憧れたそうです。ベルト付きの紺の上着に長ズボン姿で、夏はキュロット形の襞の入った半ズボンだったとか」

女性の制服が珍しい時代だ。ずいぶん颯爽として見えたのだろう。

「鍔の広い帽子の下の顔がキリッとしてたって、牛枝が言ってましたよ。憧れたんですねえ」

そんな郵便配達婦の中から戦争未亡人も生まれる。

宇美乙女さんが郵便配達婦だったとすれば、書道の心得があるわけだ。言葉遣いも乱暴で逆上すると手の付けられない粗暴な乙女さんからは、ちょっと想像がつかない事実である。

「でも本当だったんでしょうね。だって身につまされる話も聞いたんですよ」

千里は乙女さんの息子が語った赤紙の話をする。郵便配達婦が召集令状を配ったのである。女性の身に負担の多すぎる仕事である。

聞きながら牛枝さんの娘は首をかしげた。

「召集令状を郵便で配達するんですか？」

「そう聞きましたけど」

千里はうなずく。

「召集令状は郵便で来るものではないと思いますけど……」

「郵便じゃない？」

千里は後ろ頭を殴られた気がした。

「ええ。普通の郵便物とは内容が違いますから」

そう言われるとドキリとする。赤紙はただの通知書ではない。

「召集令状は役場の係が令状を携えて、一軒ずつその家まで届けに来たそうですよ。うちの家も、近所の家もみんなそうだったように聞いてます。馬の出征には青い紙の告知書が来たそうです。近所にその赤紙や青紙が来ると、どこの家もビクンとするんでしょうね。そんな重要な文書は手渡しをするものです」

そう聞いて千里も腑に落ちる。生死に関わる政府発令の書状が郵便受けに投函されるはずがない。

「でもその話、テレビ局が収録して帰りましたよ」

千里は声を細めて言った。いかにも人の情に訴える話だ。それを信じて感動した自分がいる。知らないというのは愚かなことだと千里はほろ苦い気分になる。

「テレビ局なら大丈夫ですよ。話を鵜呑みにすることはないでしょう。すぐわかっちゃいます」

話を検証してカットするだろうと牛枝さんの娘が言う。

「そうね、そうかもしれません」

千里は気まずいものを押しやるように口を閉じた。そして乙女さんはなぜそんなありもしない話を息子にしたのかと思った。その頃はもう認知症が進んでいたのだろうか。

「今となってはわたしたち、ほんとにあの時代のこと何も知らないですね」

牛枝さんの娘が母親の方を見る。


千里は初音さんの車椅子を押して110号の部屋に戻った。初音さんが椅子の上で少し腰を動かす動作をし始めると、尿意を催し始めている。部屋に入るとトイレのカーテンを開けて、初音さんのお尻を便座に移し替える。

初音さんは小さな女の子みたいにちょこんと腰掛けている。自分もこんなふうに昔、背後から初音さんに見守られていたのだろうか。有り難いことである。ただしかし人間の幼児期は短く、老年期は何倍も長い。幼児のおしっこの練習は半年ほどですむが、認知の入った老人の排尿・排便の世話は数年あるいは十年以上もかかったりする。命が終わるときまで続く。親の恩とは何だろうと千里は思う。恩返しのつもりでやると、返し過ぎたりするかもしれない。

人の仕事の一つに子育てがある。その逆に、死を育てる仕事もある。つまり親の看取りだ。恩返しではなく、親を看取る。人の仕事として、これも別の大事な意味を持つ気がする。千里はその仕事を半分以上、いや大半を『ひかりの里』の職員に頼んでいる。

初音さんの皺寄った扁平な尻を眺めてふと切なくなった。

「ゴミありませんかあ」

と介護福祉士の青年がドアを開けて顔を出した。胸の名札には播磨翔太とあるが、若者の顔はみな同じに見えるので千里は覚えていない。播磨介護士は中に入って、部屋の屑籠を片づける。

「ねえ、播磨さん」

と千里は初めて彼の名札の文字を読んで話しかけた。

「宇美乙女さんはどうしてコウゴさんって呼ばれるんでしょうねえ」

「誰かの名前であることは間違いないですね」

「どなたの名前かしらね」

「昔、よっぽど記憶に残った人ですかね」

たとえばシンゴさん、とか、ケンゴさん、みたいなんじゃないですか、と播磨介護士は屑籠の底をコンコンと叩きながら言う。シンゴは伸吾で、ケンゴは健吾だったりとか……。

「するともしかして乙女さんの恋人の名前かもしれない」

と播磨介護士。

「それだったら、乙女さんがその名前を呼ばれるのは変じゃない？」

と千里は首をかしげた。

「だから乙女さんは恋人のコウゴさんになったりしてるかもしれない」

そんなことがあるだろうか。

「認知症は自由ですよ」

と彼は言った。千里は眼をまるくした。

「自由？」

「そう。何でもお年寄りの勝手なんです。もうぼくなんかそうとしか思えないですよ」

播磨介護士は大きな口で笑った。

千里は頭の雲が払われたような気持ちがした。お年寄りは王様です。認知症様が通ります。汽車も電車も止めましょう。

ああその通りかもしれない。初音さんを自由にすればいいのである。こっちの自由にさせようとするから手に負えなくなる。反対だ。

「認知症は積み木を最初から積み直すようなもんじゃないですか？　積み木は過去の記憶だって、ぼくの母親は言いますよ。もう退職したけど、母も介護士だったんです。過去の積み方でまた別の人生やら過去やらがいろいろ出来るじゃないですか。退職までの間にぼくの母はいろんなお年寄りに会ったって言うんですよ」

「たとえばどんな?」

「一番ユニークだったのは百歳近いお爺さんで、施設じゃオカミと言われてたそうです。オカミ、お食事ですよ。オカミ、お風呂ですって」

「オカミって何?」

「時代劇で将軍をウエサマって呼ぶでしょう。あれと似たようなのですよ。テンノウもオカミです」

千里は初音さんを便座から抱え起こす。お尻を拭いて車椅子に乗せてベッドに移動する。水の流れる音が響いた。

認知症は何にでもなれる。

「教授って呼ばれるお爺さんもいらっしゃいますよ」

「現役時代はどこかの大学で教鞭とってたのね」

「ええ。九州大学の教授だって」

彼は小声で言った。

「それから凄い女性もいたそうです」

播磨青年はトイレの汚物入れのゴミも取った。

「どんな女性？」

「美空ひばり」

「おお」

「ひばりさんって呼ばないと食事摂らなかった」

何だか気持ちがぐうーんと広くなる。自分がなるとしたら何になろうか、と千里は思った。

土倉牛枝さんは娘の話を聞いていると、ときどきは馬になっていそうな感じがする。

「宇美乙女さんは女傑になれるわね」

「美空ひばりの上は誰がいるでしょうね」

播磨介護士はそう言うと、ゴミの袋を提げて部屋を出て行った。そのとき温和しく車椅子に座っていた初音さんが、ふと思い出したように顔を上げた。

「あたくしとしたことがとんだ長居をいたしました。そろそろお暇いたします」

「さようでございますか。ではわたくしがお送りいたします」

と千里は車椅子の後ろにまわった。

本当にあなたはずいぶん長居しましたね。九十七年間も居続けました。ご苦労様。

千里はいつものように廊下へ車椅子を出すと、玄関の方へ押して行った。それからクルリと向きを変えてまた110号の部屋に帰って来る。初音さんの頭ももう切り替わっている。

これから夕食の時間までとろとろとまどろむのだ。

千里に体を抱えられて初音さんはベッドに移し替えられる。とんとんと千里がその布団の端を叩いてやる。赤ん坊みたいだ。

それを合図のように初音さんは夢の中に滑り込む。

天津租界を流れる雄大な白河は海に注ぐので、川岸に埠頭があった。引き揚げを待つ人々が埠頭には黒い波のように押し寄せている。初音さんは夜のうちに熱の下がったわが子を背負って人の波に入る。

必ずこの子を連れて日本へ帰ろう。

あの大きな船に乗ろう。

朝まだきの三月の埠頭に浮かんだ帰還船の影は黒々として、ぼうぼうーと喉を震わすような汽笛を鳴らしている。この地に残った日本人たちに最後の呼びかけをしている。

初音さんは『ひかりの里』のベッドの上で、もう一度胸の焦げるようなあのときを生き直す。

必ず生きて帰ろう。

痩せて肋の浮き出た胸が大きく上下する。

ああ、嬉しい。わたしは日本でもう一度やり直そう。

帰還者の列は次々と乗り込んでいく。初音さん親子もその中に混った。大きな貨客船だった。カモメが空に綾なすように舞っていた。船は引き揚げ者をこぼれんばかりに満載して離岸する。

初音さんは今まで天津租界で足掛け八年暮らして恵まれ過ぎていた。何十枚も取っ替え引っ替えに着たドレスの数々。華奢なハイヒール。宝石類の装身具。

ミンクの襟巻きをして出かけたイギリス租界の美しい競馬場。そこでは黒曜石のような馬たちが光を流して疾走した。フランス租界のパーマネントの美容院。映画館。

遠く満州の荒野に移住した開拓団の人々も船には乗り合わせている。その人たちの辛酸と較べれば、初音さんの大陸暮らしは別天地だった。美しい夢よ、さようなら。

遠ざかる陸影に人々は手を振る。

ふいに甲板の人の群れが割れた。何者かが船首の階段から駈け上がって来たのだ。顔がどす黒く腫れ上がった兵隊服の男である。ひどく殴られたようで唇の端から血が垂れて、片方の瞼は潰れている。兵隊服も血と泥で汚れズボンの片方の裾は裂けている。

「中国人のリンチに遭うたんじゃねえか」

「ありゃ北戴河《ほくたいが》の隣組長をしていた男じゃ」

帰国前に報復されたのだろうと言う。殺されなかっただけでもましだ。おお、犬の如く人を苛めていた奴だ。ひそひそと洩れる声。

男は喉が裂けるような苦しい声で怒鳴りながら、甲板をよろよろと歩く。

「くそォーー。ワンーティーーエーン、出て来ーい！　殺してやるうー。オウーユーンイェー、ここに来ーい！」

数人がかりでようやく捉えて、男は医務室へ引きずられて行った。怒鳴り声だけが尾を曳いて残る。気が狂ったんじゃろ。人々はうなずく。怖れる者はいても同情する者はない。

外洋に出ると三月の海は荒れまくる。玄界灘に近付くと船室の窓から見えるのは、船ごと呑み込みそうな波の壁だ。男も女も若い者も年寄りも大人も子どももみな吐いた。三、四日もすれば博多港に着くはずだが島影はない。

朝が来ても陽は見えず、夜が来ても月は見えない。男の怒鳴り声は船室まで届き、ついに甲板に結わえられた。それでも狂人の叫び声はまだ続く。何日目かに声がやんだ。ある朝、船室の窓から異様なものが見えた。

足をロープに引っ掛けた、逆様の大きな魚だ。

窓に張り付いた女たちは、張り裂けるほど眼を見ひらいて絶句した。悲鳴が上がった。ぼろぼろの魚、と見たのは一瞬で、すぐ打ち消した。

あれは人間の体だ。

ぶら下がったぼろ切れの体が揺れて、激しく舷に叩き付けられる。血と骨と夥しい白い筋のようなものが垂れ下がり、波浪に責め苛まれている。初音さんはがたがたと震えながら眼を瞑った。満州美がそばに来たのでひしと体を抱き締めて、子どもの眼を塞いだ。

「見ちゃだめ。大きなお魚が死んじゃったの」

病人や衰弱者、怪我人が溢れて、船では毎日のように水葬がおこなわれる。男の亡骸は引き揚げることなく、日没前、甲板に結わえた麻紐を切って海へ落とした。ざぶーん、と低い波の音が聞こえたが、船の音のほうが高く、たちまち覆い消してしまう。


111号室では土倉牛枝さんの娘が帰って行った。

牛枝さんの娘は夕方は忙しいようで、帰りにスーパーへ寄って夕飯の食材を提げてバスに乗る。

牛枝さんはベッドに仰向けに臥《ね》て、水死人のようにぽっかり眼を開けていた。ベッドのそばにはいつものお客が来ている。夕方になるとそろってやって来るのだ。牛枝さんは、よう来た、と枯れ木のような手を差し伸べている。

お客は三頭の馬である。栗毛、鹿毛、青毛の隆々とした体軀だ。年嵩の栗毛の馬が牛枝さんの手をそっとなめる。

「姉っさ。今日もお迎えにめえりやした」

馬は牛枝さんの様子をうかがう。今年八十八歳の牛枝さんは今にもぽっくり逝きそうに見えるが、なかなか死なずにいるのである。毎日、馬たちは今日こそ、今日こそ、と牛枝さんを連れにやって来る。

「そんなせっついても、なかなか人の息は切れねえもんだ」

何だかまだ当分、牛枝さんは生き続けそうである。三頭の馬は耳を伏せてしょんぼりし、牛枝さんの掌をちろちろとなめ合う。一番年下の青毛の馬が牛枝さんに言う。

「そんなら姉っさ、今日様《こんにちさま》にお願えしなんしょ。早よ息止めてくなんしょと頼みなせ」

今日様というのは万物を生かす太陽、お天道様のことだ。

「ああ。しかしその今日様がな、おらのことまだ死なさねえのよ」

牛枝さんはそう言いながら、惻々として何とも言えない切ない気持ちがしてくる。この馬たちはかつての満州の戦地で、もうずいぶん昔に命を落としたのである。それが仔馬の頃に故郷の野原で遊んだように、早く来い、早く来い、と呼びに来る。三頭とも牛枝さんの実家で育ち、栗毛はハヤト、鹿毛はナルオ、青毛はミツルという名だ。

馬たちは顔を突き合わせて相談をする様子だった。そして一番年上の栗毛が牛枝さんの顔の耳元に口を近付けた。

「今日は姉っさを迎えに、男んしょ《の衆》うを一人ここへ連れて来やした」

牛枝さんが何かと馬たちの視線を辿ってドアの方を見ると、陸軍服を着た一人の青年が立っている。

「伸《のぶ》さ！」

牛枝さんの初恋の相手、重国伸晃《のぶあき》だ。昭和十九年、揚子江河畔で戦死した青年だ。故郷の村の寺の跡継ぎの一人息子で、村には男子ばかり五人も八人もぼろぼろ産まれる家もあるのに、赤紙はとうとう選りに選ってこんな所にも漏らさず来た。

牛枝さんは伸晃からのハガキを一枚だけ持っていた。郵便配達のおばさんにこっそり手渡しで貰ったのだ。後は全部、父親に取り上げられた。いつか郵便配達になってやる。娘心に本気で誓ったものだった。

牛枝さんは嬉しさと悲しさに胸が絞られる。寺の跡継ぎが人を殺しに征かされた。そして自分が死んだのだ。あれから七十年余り経つ。

伸晃は帽子を取って、真っ直ぐ牛枝さんの枕辺に歩いてくる。死んだ恋人は孫のように若いままで、生き続けた牛枝さんは老いさらばえている。

「あんども《とんでもない》ねえ!」

牛枝さんは口走る。

「伸さ。来るな、来るな!」

と手の甲で自分の顔を隠す。

「見ねでくれ!」

死者の伸晃は若く初々しく、眩しく光っている。もう人の形をした光である。いや、いや! 牛枝さんはかぶりを振る。

栗毛のハヤトが横から長い鼻面を出して、牛枝さんの耳に押しつけて言った。

「こっち来ると、おいだちと一緒になるずらよ。昔の若えときの姉っさになるずら。こっちさ来まっせ。伸さと一緒に行きやしょ」

ぼうっと光になった伸晃が手を差し出す。

牛枝さんは恍惚となって、震える骨のような手を伸ばした。伸晃の手が包む。温かい。光になると死んだ者の手は温くなるのだろうか。牛枝さんは眼を閉じたままとろけるようだ。窓はどんどん赤くなり、ベッドの牛枝さんは薄淡く燃やされ続ける。


その頃、112号室の宇美乙女さんは福岡県宇美町の生家に帰っていた。昭和も十年をすぎたころの生家のことである。

乙女さんは母親の出産の手伝いで、井戸端で火を熾して赤ん坊の産湯を沸かしている。当時は家に産婆を呼んでいたが、乙女さんの母親はもう十三回目の出産になるので慣れていて一人で産む。念のため父親が野良仕事を休んでそばにいる。赤ん坊が出て来るとき、引き出す役である。

乙女さんは長女で三番目の子だ。女の子は乙女さんただ一人で、あとはすべて男の子である。長男、次男、三男、四男は働き手になっているが、その下は小学校にやることもできずそこらで遊ばせている。蜂の巣を突いたような子どもたちを、さっき乙女さんは近所の宇美八幡宮に連れて行った。

やっと静かになった家の中から、こんなときにも両親の言い争う声が井戸端まで聞こえてくる。

「おまえのごと、無茶苦茶に子を産むおなごがおろうか」

自分が元凶であるのに父親は母親のせいにする。

「犬の仔みたいに言うな！」

と母親の怒鳴る声。腹も痛くなっているのに元気がある。

「ふん。犬じゃってもう少しは考えとるもんじゃ！」

父親も野良仕事を休んでいるので苛立っている。

このぶんではお産はもう少し先だろうか。しかしお産は数を重ねるとだんだん軽くなっていく。前の年のお産では、腹が減っては力が出ん、とトウモロコシを食べ始めた矢先に痛み出し、あっという間に滑り出た。

まあ、与謝野晶子みたい。

と女学校に進学した友達が感心する。

「晶子は十八年間に十三人の赤ん坊を産んだとよ。そのうち二人の子は死んであとは生きて育ったん」

「へーえ、源氏物語ば書いて、そんだけの子ば産みよらしたんね。凄かあー」

しかし晶子の家には使用人がいるだろう。乙女さんの家にはそんな者はいない。

「痛っ、ああああ痛っ！」

母親の声がする。始まった。始まった。乙女さんは立ち上がって家の中に駈け込む。天井に吊した腰紐にすがって母親が、うーむ、うーむ、と唸りながらしゃがんでいる。昔のお産は独りでやるときは仰臥はしない。力を入れるため座位で産み落とす。

「よしよしよしよし、ようーし！」

父親が赤ん坊を引っ張り出す。逆様にぶら下げると気道が通り、オギャー、オギャーと勢いよく泣き出す。何回もやっているので手際が良い。

乙女さんは赤ん坊を受け取ると仰向きに寝かせて五体を調べる。手、足、指、眼と耳。ちゃんとある。近所で眼が三つの子が生まれたのを見てから、乙女さんは点検する。上首尾だ。井戸端に戻って盥にお湯を移していると、また、オギャー、オギャーと弾ける声がする。

乙女さんは走って行く。父親が赤ん坊を逆様にぶら下げている。

「それ、もう一つ」

乙女さんが受け取ってまた仰向きにしていると、オギャー、オギャーと新たな泣き声が上がった。

「ほい、もう一つ」

乙女さんは忙しくなる。

オギャー、オギャー。

「あと一つ」

床の上はみるみる赤ん坊だらけになる。

腹を震わせて白い蟬の幼虫みたいに蠢いている。

乙女さんはその生白い蠢くものを胸に溢れんばかり抱えて、井戸端に行くと、盥の湯に浸けた。

3

「あのう不躾ですが、天野さんでいらっしゃいますか」

『ひかりの里』のリビングルームで満州美は声をかけられた。満州美が顔を向けると、車椅子を押した同年配くらいの女性が傍らに立っていた。

「はい、わたしは天野ですが」

と満州美がうなずくと、

「失礼ですが、お宅様も満州から引き揚げて来られたのではありませんか？　受付に書かれたお名前を拝見して、もしやと思ったものですから」

ああ、と満州美はすぐ了解した。ここでは面会者が受付に置かれたノートに自分の氏名と、何時何分に何号室の誰に会いに来て、何時何分に退出する旨を書き込むことになっている。

彼女はそこで満州美の名前を見つけたのだ。

普通、満州に縁もゆかりもない者は、こんな画数の多い漢字を好んでわが子の名に付けることはなかろう。満州美の名をめざとく見付けて反応するのは、大半は同じ引き揚げ者同士だろう。

満州美もここへ通って来るうち、いつの間にか、受付の来館者の名前の中に、満州の二文字が入っている人物に気が付いた。男性では満州男、満州雄という名前が二つ。女性では満州枝という名前が一人いた。

けれど名前を覚えても顔は知らないままである。だが老人の収容人数は四十人ほどで、二階建てのさして広くない施設である。いつの間にかリビングや廊下ですれ違ったりしていてもおかしくないと思っていた。

それが当たったようだ。

「わたしは鹿子木《かこぎ》満州枝と申します。旧満州の奉天に生まれまして、敗戦の翌る年、母親に連れられて引き揚げてまいりました」

その満州枝という人をたぶん命がけで連れ帰った母親は、車椅子にチョコンと小さく萎んで乗せられている。首をがっくりとねじ曲げた形で天井を睨んでいる顔は、だいぶ認知症が進んでいると察せられる。

満州美は杖を取って立ち上がると、テーブルの前で挨拶をした。彼女とはよくこのリビングで会っている。

「じつはわたし、満州で生まれたのではないんです」

と満州美は訂正した。

「生まれたのは中国の天津です。日本租界の中でした。両親は天津の地名にあやかりたかったようですが、どうも適当な名前が浮かばなくて、結局、満州美にしたんだそうです」

「まあ」

と満州枝がうなずく。

「天津ですか……」

眩しそうな顔になる。

「あそこはとても美しい街だったようですね。ヨーロッパ風の重厚な町並みが広がっていたと聞いてます」

「わたしは引き揚げのとき六歳でしたから、たいして覚えてはいないんです。わたしもこの母に……」

とテーブルの横に付けた車椅子の初音さんに眼をやって、

「連れられて帰りました」

満州枝があらためて初音さんを見る。それから丁寧に頭を下げたが、こちらの年寄りの顔にも反応がないのは同じである。双方の年寄りに認知症がなければ、さぞ喜んで手を取ってしゃべり合うところだろう。満州美は痛々しい思いになる。

「へえ、その満州枝さんという人は何歳なの」

夕方の満州美のマンションのキッチンで、千里が湯豆腐の鍋を支度しながら振り向いた。初音さんを見に行った帰り、いつものように千里が夕食の支度をしてくれる。

「終戦の翌る年に帰国して、そのとき確か四歳だって言ってたから、わたしより二つ下ね。でもせっかく声を掛けて貰っても、彼女は小さすぎて何も覚えていないんだもの。話のしようがないの」

そう言う満州美の記憶もかなりぼやけているのである。

二人がリビングで会っているとき、千里は初音さんの肌着を買い足しに車で町へ出ていた。最近は初音さんの背中がいよいよ曲がってきて、二つ折りにした胴体に頭から服をかぶせるような具合で、まるで入らなくなったのだ。

「母親は認知症同士でぼけぼけで、おまけに娘たちは幼な過ぎて朦朧としてるんだから、どっちみち靄の中の会話よね」

千里の言う通りだと満州美は思う。

「それでも少しは話をしたのよ。あちらのお父さんは大工さんでね、おカネ儲けをしたらしいけど預金封鎖で、一文無しで帰国したんだって。敗戦の一年前に、そのお父さんは召集令状が来て軍隊に連れて行かれて、戦後はシベリア抑留になったそうよ」

「うちと同じ母と子だけの引き揚げだったのね。奉天からじゃ、道中も天津よりはるかに大変だったでしょうね」

「あそこの日本人町はレンガ造りの塀に囲まれていたって、お母さんが仰ってたとかね、自分の記憶は全然ないの。それでわたしにもいろんなことを聞きたいみたいだった。天津の日本租界のことをね」

「そんならお姉さん、話してあげた？」

「でもあんまり話せなかったわ」

満州美は浮かない顔をした。

「あら、どうして」

千里は湯豆腐の胡麻だれを擂りながら聞く。

「お姉さん、よく言ってたじゃない。イギリス租界の競馬場のこととか。話してあげたらよかったのに。広くて美しい緑の競馬場だったのよね」

千里は自分が見たように活気づいて言う。

「それからお父さんがよく行ってた、ゴルフ場のグリーンとかね。お姉さん、初音さんに連れられて見に行ったって言ってたじゃない。あたし、子どもの頃、その話を聞くだけでわくわくしたものよ」

千里は味噌と胡麻と豆板醤《トウバンジャン》を少量合わせて、湯豆腐のたれを作る。初音さんが伝授した料理にはひと味、大陸風の調味が加わっている。天津のレストランで美食を堪能した初音さんは、食べるだけでなく味も覚え込んだのだ。

その千里から顔をそむけて満州美は言う。

「奉天から長旅をして帰って来たような人に、なかなか天津のことは話しにくかったの。何だかね、今思ってもあの街は夢のようで、もしかしたら六歳の子どもの、いいとこ取りの記憶かもしれないって気がしたのよ」

「いいとこ取り？」

千里はわからない顔をする。

「イギリス租界の競馬場の緑も綺麗だった。そこで双眼鏡を当てて眺めていた白人の夫婦もみんな美しかった。天人《てんにん》みたいに見えたものよ。草原にテントを張って作ったサーカス小屋もあったわ。日本からやって来た『木下サーカス』っていうんだったかな。ライトに照らし出された猛獣ショーも夢みたいだったわ。サーカスが奏でる幻の舞台のようね」

確かに戦乱の最中の中国大陸の、そこだけ時が止まっていた。各国の租界は治外法権で守られて不干渉である。

「租界には国の境界があったけど、ないも同然で、イギリス人とフランス人と日本人が、自由にどこにでも出入りして飲んだり食べたり遊んだりしていたのよ。自由、自由って今は簡単に言うけど、あの頃、二つの世界大戦に挟まれた時代に、ただ一つ、中国にあった租界は今思えば蜃気楼だったような気もするの」

「だから満州枝さんに話せない？」

「豊かすぎて負い目を感じるのよ」

「へえー」

と千里が息を吐いた。

「お姉さんが、負い目を感じるの？」

「そう」

「あの頃たった六歳だったお姉さんが、天津租界の豊かさに、贅沢や享楽の街に、今になってその負い目を引き受けるの？」

「わたしはもう七十六歳の年寄りよ」

「でもあのときは子どもだったわ」

満州美が負い目を感じるなら、もっとほかに大勢の負い目を感じるべき人間がいるだろう。いや、いただろう、と千里は思う。けれど今はもうみんないなくなった。満州美が湯豆腐の鍋の前でうなだれているだけだ。

「お姉さん。天津だって敗戦間際にはひどかったんじゃないの？　決して安穏な街じゃなかったはずよ」

「でも満蒙開拓団の苦労の比じゃないわ。あそこでは男も女も牛馬のように働いて、帰国のときは何百キロも歩き続けて、とうとう帰れなかった人たちが何万人もいる」

「でも人間の幸不幸なんて相対的なものじゃない？　たとえ二人一緒に戦場に駆り出されても、死ぬ人と、生き残る人がある。負い目を言えばキリがないわ。とにかく初音さんは女一人でお姉さんを連れて帰ったのよ。人間で溢れる船からこぼれ落ちることもなく、熱の出たお姉さんをおぶって帰ったんでしょ」

千里は勢いで言い伏せる。

「お姉さん。今度その鹿子木満州枝さんに『ひかりの里』で会ったら、あたしに教えてね。挨拶をするから」

名前とは一生付き合うものだ。千里は考える。満州という字はずっしりと重い。押し潰されて、今は過ぎゆく時の墓場に葬り去られようとする字だ。そんな文字を自分の名前に付けられた満州美と満州枝がいる。

千里はだんだん息苦しくなってくる。


「初音さーん」

ハッと眼を覚ます。

「お支度おできになったかしら。表の車で待っていますよ」

鞠子《まりこ》さんが呼んでいる。

初音さんはよろよろとベッドの上に半身を起こす。ああ嬉しい。薄い胸に喜びと熱い血潮が湧いてくる。参ります。あたくしも参ります。どうぞ連れて行ってください。

ベッドからずり落ちるようにして床に降り、いつもの車椅子に手を伸ばすのも面倒で、白くて薄べったいイカのような裸足で、壁伝いにドアの方へ蹌踉と行く。廊下から中が覗けるよう部屋のドアは少しばかり開いていた。

初音さんはその間から水が染み出るように抜けて行く。今度つまずいて足の骨を折ったら寝たきりですよ、と千里は大橋看護師にささやかれた。この姿を見たら肝を潰すだろう。

廊下は裏庭へと続いている。

初音さんが裏口のドアを押し開けた。

眩しい。建物の中は暖房が効いているのに、外はそれ以上に暖かかった。暑いといってもいいほどだ。

庭のレンガ塀の前に素晴らしく丈の高いケヤキが立っていた。女の細く長い両手が空に差し伸ばされたように、美しい姿で腰をくねらせている。太陽の光がケヤキと古い敷石の舗道と、眼の前に停めてある大きなクリーム色の自動車をぎらぎら照らしている。

自動車は大きな宝石箱のようだった。

すべすべと光るボディラインに虹のような光が浮き出ている。

何と美しい乗り物だろう。初音さんは見惚れる。

後部座席から辻所長さんの奥さんの白い顔が覗いた。

「天野さんの奥様。さあ、お乗りなさいな」

運転手が重いドアを開くと、初音さんは辻所長さんの奥さんの隣に腰を下ろした。深々と初音さんを丸ごと包み込むような座り心地だ。

車内には初音さんが嗅いだことのないような、何とも言いようのない乾いた心地良い匂いが仄かに漂っていた。そうだ、ガソリンの匂いだ、と初音さんは気が付く。自動車や飛行機のエンジンを駆動させる二十世紀の科学の淡い匂い。

日本では女学生がガソリンの匂いに憧れて、たまに車が走り去るのに出会うと、眼を瞑ってふうーと匂いを吸い込んだりする。

辻所長の奥さんは鞠子さんという。辻所長は初音さんの夫の俊作さんの上司だ。辻さんが何か事情があって日本に帰ることになり、天津の出張所の所長を俊作さんと交代する。俊作さんはそのため初音さんを伴って赴任して来たのだった。

辻さんはすぐにも帰るはずが、天津の情勢不安で金融が滞り、俊作さんとの仕事の引き継ぎも難航した。初音さんはその間に鞠子さんからいろんなことを習ったものだ。夫と同席する公式の行事や、夜会のマナー。協力企業の妻たちとの顔合わせ。社員の妻子たちのために催される年間行事。誕生会、クリスマス会、冠婚葬祭の段取り。

初音さんは二十歳で見合い結婚してすぐこの地へ来た。若すぎる妻という反対もあったが、俊作さんが強く執心して求めて嫁に貰ったのだ。

鞠子さんが言うには、妻の内助の功は必ず夫の仕事に反映する。取引の場にも少なからず結果が現れる。西洋では夫婦一体で仕事をするのである。美貌と機知と流暢な英語力を備えた鞠子さんは、夜会の凛とした百合の花だ。外国人の妻たちが豪華な薔薇なら、日本人の妻は純白の百合である。

自動車は旭街《アサヒ》の大きな石造りの建物の前に停まった。

日の出百貨店はイギリス、フランス、イタリアなどのブランドの婦人服が売られている。鞠子さんは日本人形みたいにあどけない初音さんを、鏡の前に連れて行って立たせた。

「本当に初音さんって、横浜の波止場から異人さんに連れられて来たお人形さんのようね」

そうです、と初音さんは心の中でうなずいた。わたしは異人さんに連れられて来たように心細いのです。

「日本の女性が洋装のレディになるには、まず下着から誂えなければね。まずレースのショーツ。ブラジャー。シュミーズ、それからストッキングね。初音さんはほっそりした体型だから、ガードルはよしましょう。あなたがそれを着けるのはあと十年も先のことかしら」

シャボンの泡みたいにふわふわした下着を、女店員が次々に持ってくる。初音さんは鏡張りの試着室に入れられて、絹のショーツを穿き、ストッキングに足を入れる。

伸縮性のないキャラコのごわごわしたズロースと、年寄りが「乳兜《ちちかぶと》」なんて恐ろしい名を付けた乳当てしか、まだ初音さんは知らなかった。西洋の女性はこんなに薄い、風のような肌着を身につけるのだ。

鞠子さんの白い腕がブラジャーをつまんで、カーテンの隙間から入って来た。ひゃっ。初音さんは声を上げそうになる。ブラジャーも、鞠子さんの腕も蛇のようだ。

「最初は一人で身に付けるのは無理でしょうね」

ごめんなさい、と鞠子さんが体ごと中に入って来た。初音さんは胸を押さえて立ちすくむ。その背後に鞠子さんはそっと立って、薄桃色のブラジャーを胸にまわすのである。

「こうして腕を通したら、それからキュッと引き締めて後ろホックを止めるのよ。どう、きつくない？　そうして乳房をこうグッと胸高に引き上げる」

鞠子さんがブラジャーの乳房の中に両手を差し込む。ひんやりした柔らかな指だ。初音さんの乳首に鞠子さんの指が触れないよう両脇から手をまわして、二つの乳房が吊り上げられた。それからカギホックで止める。

「ほら、いかが！　きちんと乳房を固定すると、お胸は苦しくないでしょう？」

試着室の鏡にレースの肌着で満艦飾になった、あられもない初音さんの裸体が映っている。突っ立ったままのその肩にサテンのドレスが当てられる。淡いピンクにギャザーが豪勢に付いて、大きく胸元が開いている。

「ここにはパールのネックレスが合いますよ」

胸元にひんやりした真珠の粒々が触れている。

「あのでも、わたし、主人に……」

「大丈夫ですよ。うちのパパから天野さんにはようくお話をさせますから。日本の男性は妻をもっと大事にして、綺麗に美しく充分に飾らせなくてはいけません。そうでなければ、天津のどこの夜会にも行けなくてよ」

鞠子さんの手が次々と見たこともないものを差し出す。

真珠のイヤリング。羽根飾りの帽子。レースの手袋。

それから試着室を出ると、椅子に腰掛けるよう勧められて、

「おみ足をどうぞ」

店員が赤いハイヒールを足元に置いた。こんな踵の高いヒールで歩けるのだろうか。

まるで女の竹馬のよう……。

足を入れると革がひやりと締め付ける。まじまじと自分の足を見る。真紅の鱷が初音さんの足首まで呑み込んだようだった。けれど美しい鱷である。

「どうぞ歩いてみて」

鞠子さんが言う。

初音さんは鱷に足を呑まれたまま、不器用にコツン、コツンと歩いてみる。足の裏の遠い所で踵がぐらぐらと揺れていた。それから、なぜかぐらりと体が倒れかかった。

横倒しになったままぐらぐらと揺さぶられ、何者かに運ばれて行く。ああ、助けて。

どうしたの？

誰かがわたしを攫って行く！


眼を開けると初音さんは元のベッドに寝かされている。

大橋看護師が初音さんの足を触っていた。

「大丈夫。とくに折れてるところはないようね。でも吃驚したわ。裏口から鍵を外して庭に出てるんだもの。寝てしまうまで播磨君、ここにいてくださいね」

「了解っす」

体格の良い播磨介護士が椅子を引き付けて腰掛けた。その様子は鬼の番人を付けたようで、大橋看護師はくすっと笑った。

初音さんは眼を瞑っている。それでも本当に眠っているのか、覚めているのかはわからない。播磨介護士が年寄りの皺に埋もれた顔を覗くと、何だか沼の淀みのように思えた。萎んだ瞼の水面がぼんやり開いて、その眼が彼を見た。

「初音さん。ご気分どうっすかァ」

返事はなくて、水面の濁った目玉だけが彼を映している。年寄りはいったいどんなことを考えているのだろう。彼は思うが、けれど初音さんの心は沼のずっと底のほうに沈んでいて探れない。ベッドの毛布が沼のアオミドロに浸っている。初音さんは水に潜んだ蛙である。

初音さんの目が閉じられる。またずぶずぶと沼の淀みに沈んでいく。水の底には明るい陽が射し込んで、白い卓布を掛けた大きなテーブルがある。マイセンのティーカップに紅茶が注がれて、赤いお湯がキラキラ光っている。中央の花瓶には大輪のダリアや薔薇の花々が飾られている。

華やかに着飾った駐在員の日本人妻たちが、昼下がりのテーブルを囲んでいる。紅茶にケーキに冷たい果物。もうすぐ舌のとろけそうなアイスクリームを給仕が運んで来る。彼女たちはみんなパーマネントで髪の毛をクルクルと巻いている。初音さんの黒髪もクルクルだ。

「今度どこかの国がちょっとでも動けば、間違いなく戦争が始まるわね」

妻たちの集まりで鞠子さんは不穏な話をするようになった。

八年前の満州事変の後、一昨年の盧溝橋事件が日本対中国の全面戦争の原因となった。その間にも英仏ソ独伊五カ国がヨーロッパの領土覇権・占有を狙って間合いを詰めている。

そんな話の片鱗を嫌でも夫たちが家に持ち帰る。みんな鞠子さんの言うことを熱心に聞いた。

「イギリス、フランス、ドイツ、イタリア、もうどの国が動き出してもおかしくないそうよ。今度こそ二回目の、大きな世界戦争が起こるわ。日本も中国相手に戦っているときじゃないわ。いずれ巻き込まれてしまう」

ヨーロッパ地図のあちこちから戦争の狼煙が上がる。もうすぐドーン、ドーン！　と砲火が炸裂するのである。狼煙と狼煙がまぜこぜになって猛火となる。世界の大火事が迫る。

その真ん中に初音さんはいるのだと思う。

天津のドイツ、ロシア、ベルギーなどの旧租界はすでに消えて、今はイギリス、フランス、イタリア、日本の租界が残るだけだ。四国はきな臭い世界地図の波打ち際に立っている。

「もし日本がアメリカと戦争したらどうなるでしょう」

初音さんが聞く。座の中で一番齢が若いため、何を尋ねても平気である。

「アメリカと？」

鞠子さんが眼をまるくした。

「信じられないわ」

「そうよ」

誰かが相づちを打った。

「アメリカと戦うですって？　あの馬鹿でかい舟のような乗用車と、ハリウッドと、大西部の平原と、自由の女神を持った国を相手に、日本が戦争するですって？」

居並ぶ日本人妻たちが、パーマネントの頭を振って一斉にうなずく。

「うちの小学生の息子だって呆れるわ。ママ、そんなこと、ぼくの脳味噌で考えたってありえないよ！」

初音さんの隣の三井洋行の社員の妻が言った。

『ひかりの里』の知らせを受けて、喫茶店を従業員に頼んだ千里が様子を見にやって来る。

「よくある回帰型の症候ですよ」

担当の播磨介護士が寝間着に着せ替えながら言う。

「人生でいちばん良かった時代に帰るんじゃないですかね。普通、よく子どもの頃の家に戻ってたりするんですけどね」

「いったいどこに帰ってるのかしら？」

千里は初音さんの灰色に濁った眼を見る。

「長い人生だったでしょうからね、どこなんでしょうねえ」

平成二年生まれの播磨介護士が、着せ替え終わった初音さんを寝かせて、謎の物体を眺めるように腕組みした。

「ジャスミンティを淹れてあげようと思ったの」

千里が厨房から持って来た熱い湯の入ったポットを卓に置く。初音さんの好きな中国茶で、精神安定の効用もある。白い景徳鎮の骨董の蓋碗で淹れると、茶葉の玉がゆっくりと花開く。

播磨介護士が声を上げた。

「おお。何か、いい香りですねえ」

「ジャスミンの花を山ほど烏龍茶にかぶせてね、香り付けをして作るのよ。それを五回も六回もやったお茶ほど、馥郁とした高級茶になるんですって」

このお茶には女性ホルモンのバランスを整える効果があって婦人に好まれる。毎年その年最高のお茶が選ばれて、『銀星茉莉花』あるいは『白妃茉莉花』などと、いかにも美しい銘が付いている。もともと中国は酒で酔うよりも最上の酔いはお茶という土地柄だ。もっとも千里が持って来る茶葉はそれほど高級ではない。通販で取っている。

「初音さん。お茶をいかが」

少し冷ましたお茶を吸い飲みに移して、口元に持っていく。初音さんの鼻にジャスミンの香りが見えない靄となってまとわりつく。初音さんの鼻がひくひくと動いた。

唇が吸い飲みの口を求めてわずかに開く。

茶色い液体が吸い飲みのガラスの管を通っていく。

初音さんがぽっかりと眼を見ひらいた。

白いレースのカーテンを引いた窓が見える。

初音さんの眼がしばたいた。

向こうの窓辺のテーブルでお茶を飲んでいる人の姿が見える。

ああ、鞠子さん……。

初音さんは枕の上で眼を細める。鞠子さんは、いつ見ても美しい人である。今日は珍しく大島紬の和服を着ている。そのせいで普段より落ち着いて冴え冴えとしている。

鞠子さんがティーカップを置いて口をひらいた。

「月末にはいよいよ日本へ帰るので、しばらく袖を通さなかった着物を出したのよ。そろそろ窮屈な帯にも慣れていないといけないものね」

いつの間にか、初音さんは向かいの椅子に腰掛けていた。綿ローンの夏のワンピースを着て、お茶には手を付けず、ぽろぽろ涙を流していた。

「またいつか日本で会える日も来るわ」

鞠子さんが微笑む。

初音さんは胸が痛いほど悲しかった。

短い間だが海を渡ったこの土地で、手を取って異国で暮らす種々の知識を教えてくれた人。きょうだいのいない初音さんが初めて姉とも慕った人。

「あなたには打ち明けるけど、夫は癌なのよ」

「……知りませんでした」

「だからたぶんもうここへ戻って来ることはないわ」

「……」

「いいこと？　きっと大きな戦争が始まる。日本も参戦するでしょう。ここも安泰な街ではなくなるわ。日本租界のみんなも、イギリス租界や、フランス租界の人たちも、自分の国へ帰ることになるでしょう。でも日本人は当分、帰れないわ」

ジャスミンティの香りの中で、初音さんは切迫した話を鞠子さんから聞く。日本軍は中国に拠点を置いているのである。どこへも行き場はない。

鞠子さんは白い紙袋から帽子の箱を出して開けて見せる。孔雀の羽根の付いた深緑色の婦人帽だ。

「わたしはもうかぶることがないから、どうぞここにいる間は使って。そして忘れないで。一生の間にほんの束の間、この租界でわたしたち日本女性が自由だったことを……」

初音さんは顔を上げてこくりとうなずいた。

「夫から、おまえとは呼ばれなかった」

「はい」

「嫌なら、ノー！　と言うことができた」

「はい」

「もしあなたが日本へ帰っても、女性の自負は持ち続けてちょうだい。ここでそのように生きた日々があったことを、覚えていてね」

初音さんは孔雀の帽子を押し戴く。西洋の婦人帽は見るからに誇り高い。自分にかぶれるだろうか。

鞠子さんが初音さんの心を見つめている。

鞠子さんの運転する車が、イギリス租界の茶店から北へ走り、フランス租界に入って行く。その向こうが日本租界だ。広さはイギリス租界の三分の一もない。

初音さんを家に送る道すがら、鞠子さんは途中でゆっくりと車を停めた。アーチ式の細い回廊を備えた二階建ての瀟洒な建物がある。正面玄関の上だけに三階が載っていた。

「かつて宣統帝が隠れ住んでいたところよ」

ハンドルに手を置いたまま鞠子さんが車窓から眺める。

「満州国の皇帝夫妻のことですか」

「ええ。清朝最後の皇帝溥儀と、その妻の婉容《えんよう》のことよ。十五年前のクーデターで二人は紫禁城を追われた後、この日本租界に匿われたの。とは言っても待遇はイギリス租界では上流会員の特別クラスで、おカネに物を言わせて、車にゴルフクラブ、オートバイに、ドイツのシェパード犬まで買い入れたのよ」

「よく御存知ですね」

「わたし何度か婉容のドライブの案内役になって、彼女のオープンカーの前を走ったの。あの頃、日本の現地女性で車の運転のできる者は少なかったわ」

鞠子さんは懐かしそうな顔をした。

「婉容が溥儀の妻になったとき、倒れかけた清朝にはそのときもまだ百人の女官と、千百人の宦官がいたのよ。婉容の父親は、もともと北京の都を離れて、天津のフランス租界で実業家たちと交際して過していたような人だから、婉容が溥儀の妻になっても幸せな結婚は送れなかったのよね。彼女も父親に似て英語が流暢で、ピアノやテニスを楽しんで育ったお嬢さんだったわ」

それならこの瀟洒な隠れ家で暮らした日々は、婉容にとって束の間の結婚後の短かい自由な時期だったのだ。やがて満州国が創建されると、彼女は先に発った溥儀の後を追って新国家の首都・新京に旅立たねばならなくなる。

「この隠れ家にいるときも、婉容は溥儀のことを、ヘンリーって呼んでたのよ」

「ヘンリー？」

「溥儀の家庭教師を務めたのはイギリス人でね。それで婉容は夫のことを英国風にヘンリーって呼ぶようになったんですって」

「呼び捨てですか？　夫のことを」

「そうよ。ただのヘンリー。素敵でしょう」

と鞠子さんが笑った。

「ええ。何だか似合ってますね、ヘンリーって」

と初音さんも笑う。痩せて眼鏡をかけて神経質そうで、溥儀にはジョンやロバートではそぐわない。

「でも新京に行ったら、もう彼はヘンリーではなくなるの。夫は満州国の皇帝になったんだもの。噂では婉容はアヘン中毒になってたんですって。ねえ、孤独とアヘンは手を結び合うものなのよ」

暗澹とした声で鞠子さんはつぶやいた。

「あの、日本がもし世界戦争に加わって、もし負けてしまったら、溥儀と婉容さんはどうなるでしょう」

するとと鞠子さんは首を傾けた。

「さあ、日本が造った満州国ですものね。運命共同体でしょう。先はわからないけど。戦争すれば日本は負けます。この天津にいる日本人でそう思わない人間は一人もいないわ」

鞠子さんが止めていた車のエンジンを掛けた。

「婉容にとってもこの租界は、たぶん最後に暮らした幸せな思い出の街じゃないかしら」

車が発進すると窓から建物がゆっくりと退いていく。

「鞠子さん」

と初音さんは言った。

「どうぞご主人様をお大事に」

「ええ、ありがとう。あなたもね」

笑いながら左手の指で鞠子さんは眼の縁をすっと拭った。

お茶を飲むと初音さんは眠りに入る。

千里はそろそろとベッドサイドから腰を上げた。またもう一度、自分の店に戻らねばならない。播磨介護士もよその部屋をまわっている。お茶の道具を片付けると、千里は静かに部屋のドアを開け帰って行った。

初音さんは眠っている。

皺だらけの瞼がひくひくする。夢を見る力だけはまだ年取った脳髄の中に残っている。

夏の太陽が照りつける空の下、下界は一面、黄土色の水面がどこまでも海のように広がっていた。

雨は一粒も降らないのに、なぜか水没した天津市街の不思議な光景がある。

土を嚙んだ濁流がはるか山西省の奥地からひと月余りもかけて襲ってくる。広い大陸のどの辺りで起きた洪水かろくに知らない間に、呪いのように泥土混りの水が到達する。かんかん照りの下の大水害。流れてくる鶏、猫の死骸。舟を漕ぐ男が竿の先でよけて行く。

鞠子さんに聞けば、洪水の状況ももう少しわかるはずだが彼女は日本へ帰って行った。

初音さんは二階の窓から下を見おろしている。

「大丈夫。何年に一回かは水浸しになる街だ。ひと月もすれば水も引く」

夫の俊作さんが仕事鞄を抱えて階下に降りて行く。初音さんが身を乗り出して見おろすと、小舟が迎えにくる。俊作さんがズボンのまま腰まで泥水に浸かり、舟に引っ張り上げて貰っている。ようやく泥まみれのネズミのようになって、舟に乗り込む。

初音さんを見上げて手を振った。

新婚の二人である。

「行ってくるよ」

「行ってらっしゃいませ」

初音さんも手を振って見送る。

泥の海となった波間に俊作さんの舟が漕ぎ去って行く。

一九三九年八月の天津の泥海を見おろして、白髪頭の初音さんは枕の上でうーむ、うーむと魘《うな》されている。

4

　初音さんが部屋を抜け出して裏の庭へ出た事件の後は、介護士たちも眼が離せなくなった。常時、交替で部屋を覗きに行っている。千里もしばらくは一日置きに、『ひかりの里』に通って行くことにした。

　あの体で裏庭に出てあんなふうに倒れ込んでしまうと、骨折の恐れがあり、発見が遅れれば命取りになりかねない。

「普段、温和しい方だけに、ねえ」

　大橋看護師が初音さんの部屋の外で言う。

「いったいどこへ行こうとしてたんでしょうか」

　と千里が首を傾げると、

「初音さんはもうとっくにそっちへ行っておられますよ」

と大橋看護師は気の毒そうに微笑んでみせた。

「そっちって？」

「昔です」

認知症老人の記憶は過去へ過去へと後退する。

「その昔って、いつ頃なんでしょうね」

「いっそご本人に尋ねてみられては？」

大橋看護師は真顔で言った。

まさか。

「尋ねたら、答えますか？」

もしそんなことが出来たら、認知症介護の苦労はたちまち半減するだろう。

「年齢を尋ねるんですよ」

と大橋看護師は言う。

「初音さんのお齢は幾つですか？　教えてくださいって。二十歳とか、三十歳とかね、八十、九十のお年寄りが仰ることもあるんですよ。もっと小さい子どもの頃に還っておられることだってあります」

認知症老人の意識は先へは進まない。過去へ過去へと後ずさりして生きているという。考えようによってはもう一度生き直している。折り畳んだ紙を広げて皺を伸ばし、また折り畳むように。

「でも周囲の人たちはお年寄りとして扱うでしょう。思うように昔へ帰れないお年寄りはおろおろと徘徊するんです。異常行動を起こしたりもする」

何だか初音さんは小鳥みたいだと千里は思う。過去の止まり木にチョコンと止まっているようだ。けれどその木がどこにあるのか、年寄り本人も周囲もよくわからない。

「わたし、母に聞いてみます」

千里は励まされて顔を上げた。そうだ、本人に率直に尋ねてみよう。今はまだ言葉は通じる。これは面白いことになるかもしれない。とにかく初音さんは何とか人語の通じる世界に住んでいるのだ。

この頃は夕食の介添えもして帰る。初音さんが食べ終えるとエプロンを外して口元を拭いてやる。年寄りの顔をした不思議な幼な子だ。千里は拭きながら初音さんの焦点の合わない灰色の眼を眺める。この眼がかつては黒かったのだと不思議に思う。

初音さんは食後、ベッドの背を立ててやると凭れてテレビを観ている。そのうちだんだんうとうととして眠りに入っていく。千里は閉じかけた瞼を眺めながら、布団の脇をとんとん軽く叩く。眠りがけのお呪《まじな》い。千里もこのお呪いを初音さんから昔にされたような気がする。

「ねえ初音さん、一つ聞いていい？」

そっと声を掛けると、閉じかけた瞼が薄く開いて白眼がうなずく。蛙の目と似ている。それでも自分の母である。

　とんとんしながら千里は言葉を続ける。

「初音さんのお齢は何歳ですか」

　白眼が動く。脳味噌が反応している。

「教えてくださーい」

　ものすごく鈍く動きながら散らばった数字をかき集めようとする。数字は白い羊が野原を逃げるようにばらけていく。あたくしの齢は……。濁った白眼の動きが止まる。

「はたち」

「まあ、若い」

　思わず溜息が出た。三十代か、あるいは四十代だろうかと千里は予想していたのだ。

「でも、あたくし、もう妊娠しておりますのよ」

「妊娠、ですか」

　思わず千里は初音さんの腹に眼をやった。初音さんは両手をそろそろと自分の腹に置いた。皺だらけの手で抱いているような仕草である。彼女の出産は二十一歳のときだから、すると今の初音さんはその前年ということになる。

　けれど今という言い方は変ではあるが。

　すると初音さんの腹にいるのは赤ん坊の満州美である。彼女を胎内で育てていることになる。

「まあ、おめでとうございます。初音さん」

どう言っていいのかわからない。

「赤ん坊はまだとても小さいのよ。小指の先くらいですってよ……」

天津の産科病院に行ったのだろう。そこで医者がそう言ったのを記憶しているのだ。

ああ。この様子を満州美に見せたかった。

千里は胸がむず痒くなった。


帰りに事務室の前でまた大橋看護師と会った。

「あの、さっき、本人に例のこと尋ねてみたんですよ」

「ああ、お齢のことですね」

大橋看護師は足を止めた。

それで立ち話になった。

「何と、母ははたちですって。しかもわたしの姉を妊娠中だったんです。姉は昭和十五年、中国で母が二十一歳のときに生んだんですよ」

「まあ、妊娠中なんて、いったいどんなご気分かしら。悪阻なんかないのかしら」

大橋看護師も感心する。

「それが、まだおなかの赤ん坊は小っちゃいんだそうです」

「二ヶ月くらい？　それでも本当に悪阻が始まるお年寄りもいるんですよ、たまに」

そんな妄念を抱えた年寄りが、ここにも一人、110号室のベッドに寝ている。千里は思案に余る。

「で、どう対処すればいいんでしょう。はたちの妊娠中の母親に……」

「対処法など、とくにないんですよ」

と大橋看護師は明るい声音で答えた。

「ただ若い妊婦の初音さんを見守ってあげるだけです。それには鉄則があります。一つ、逆らわない。二つ、叱らない。三つ、命令しない」

優しいようで実は難しい。関係の深い身内ほど難易度が高くなっていく。

「お年寄りのしたいようにさせて、危なくないようにそばで見守る。そうすると乱暴な振舞いも、暴言も、徘徊も、だんだん少なくなっていくものです」

その通りに千里も年寄りの気持ちに添って刺激しないように心がけた。けれど九十七歳の初音さんの心に潜む、はたちの気持ちというものが千里にはよくわからない。初音さんが得体の知れない人間のように見えてくる。わからないままそばにいるので、介護の腰も据わらない。

「たしかにここにいるお年寄りは、わたしたちの眼から見ると得体の知れない奇妙な人ですよね。でもそれが特別に変でも不思議でもないんです。ただ今、ここに生きてるのに時間だけが過去のものなんです。昔の記憶の中で生きてます。するとね、初音さんがはたちと言うのなら、はたちが事実であってそれこそが現実です。わたしだって四十五歳ですが、それを九十七歳の老人扱いされたら吃驚しますよ。怒ります。夢の中でライオンが出ると絶叫して逃げるでしょう?」

「たしかに」

と千里はうなずく。

「夢だから大丈夫とは思いません。夢を現実って信じてしまいますよね。初音さんは夢の中ではたちの女性として生きていて、幸せな方ですね。良い介護とは人生の終幕の、そのお年寄りのいい夢を守ってあげることだと思います」

けれど幸せな夢ばかりじゃなくて、反対に恐ろしい夢も沢山ある。認知症の年寄りは恐ろしい夢もよく見るのだ。

「母はときどき何かに怯えたりすることがあります」

「恐いような夢を見たら、すぐ恐いものを追い払ってあげたらいいんですよ。シッ、シッ!って」

大橋看護師は手で払う真似をする。

その手の先には夢のライオン、蛇、幽霊はもとより、昔なら戦争もあったので鉄砲を構えた敵兵もいるだろう。それから戦車、爆弾も。初音さんが悲鳴を上げる、何だか知らない大きな恐ろしい魚もいる。みんな追い払わねばならない。

その夜、千里は思い立って、初音さんが残している古いトランクを取り出した。分厚い革のトランクは、初音さんを家に引き取ったときから一度も開けず仕舞いだった。

初音さんがそのまま自分の部屋の押し入れの下段に押し込んでしまったからだ。こんな重い物を子連れの彼女が提げて帰ったはずはない。これは後から俊作さんが引き揚げて来たとき携行したものだろう。案の定、何やら俊作さんの会社の古い書類や手紙の類いと、天津時代のずっしりとした厚いアルバムが何冊も出て来た。

天津の煉瓦の建物は俊作さんの勤める会社だろうか。欧風の町並みの西洋菩提樹の並木に白い小花の房がびっしりとついた写真もある。特製のクロス張りの写真帳から出て来たのは、ひと目でそれと知れる満州国皇帝溥儀と妻婉容の姿だ。当時はめったに手に入る写真ではないだろう。そんなものも一緒に突っ込まれている。

ゴルフコース上の颯爽たる俊作さんの姿、競馬場で馬と並んだ姿、白い麻のジャケットに帽子、見とれるような好男子だ。その横に立った初音さんはレース飾りのワンピース姿で、真珠のイヤリングも清楚、見るからに清らかなお姫様のようである。おなかは膨らんでいないので、天津に来て間もない頃だろう。

初音さんが妊娠しておなかの迫り出した写真もある。それでも写真館で羽根飾りの帽子をかぶって写っている。戦時中に美味しい物を食べ宝石を身につけて暮らした、数少ない人々の中の一人である。帰国してからの天野夫婦の後半生は決して平坦なものではなかった。

初音さんがトランクを開けなかったのは、もう思い出しても仕方ない時間が詰まっていたからではないだろうか。過去は葬られた。けれどそれが何と皮肉にも、年取って壊れた脳に呼び戻されてきたのだ。

何冊目かの黴臭いアルバムの中に、女性ばかり撮った写真が出てきた。着飾った女性たちは三十代から四十代と見える。中で初音さんが一番若い。気味が悪いくらい若い初音さんの姿である。

一枚目の頁に初音さんを交えた五人の女性が写っていた。俊作さんの会社関係や、天津の社交仲間の婦人たちのようだった。パーマネントの洋装でテーブルを囲んでいる。彼女たちの前には紅茶セットやケーキ皿が並び、この世にこんな楽しみがあるのだと笑み崩れている。

千里が眼を吸い寄せられたのは、写真の下の台紙に記されたペン書きの細かな文字だった。右の女性の姿から順に、台紙に書き込まれている。

エヴァ
ヴィヴィアン

サラ
アンジェラ
キャシィー

どうやらアメリカかイギリスの女性の名前だ。よく知られたポピュラーな名である。けれどその名と五人の女性とのつながりがわからない。

初音さんは五人の真ん中に座っている。年上の女性たちに挟まれて娘のように微笑んでいる。右から順に文字を追うと初音さんには「サラ」という名前がくる。

これは何なのだ。


翌日。

仕事帰りに二人分の寿司を買って、千里は車にアルバムを載せて満州美のマンションへ持って行った。食卓に寿司折りを並べて、ビールの栓を抜く。アルバムも開いた。

「ちょっと。埃と黴がお寿司に入っちゃうじゃない」

「家でちゃんと埃も黴も叩いてきたわよ」

千里は自分たちの両親の若い日の写真を見せた。

「苦労知らずのお顔だこと」

満州美が笑う。

それから五人の女性たちが写った一枚を見せた。

「ねえ、お姉さん。これはどういう意味だと思う？」

と女性の外国名前を指さすと、満州美はどれどれとビールのコップを片手に覗き込んだ。

「へえ」

とにこにこする。

「女性ってさ、旅に出るとそのときだけの渾名を付けたりすることがあるじゃない。それよ」

「へえ、知らないわ。そんなことしたことないわ」

と千里は言った。

「あんたは仲の良い女友達いなかったの？　わたしなんか昔のクラス会の仲間とスイスに行ったとき、旅の間だけのニックネームを付け合ったわ。アケミとかシノブとかね。それでキャアキャア騒いで喜んだ」

「それと似てるっていうのね。エヴァとか、このヴィヴィアンって名前が？」

「そう、そう」

満州美はげらげら笑い出した。

「可愛いじゃない。日本を出て、遥か異国の地でさ、すっかりその気になってたぶんイギリス女性の名前付けて、呼び合ったのね。ふうーん、初音さんにもそんな若い時代があったんだ。ちょっと嬉しいね」

するとと右端の一番年嵩らしい女性がエヴァになるのだろうか。旧約聖書で最初に出てくる女性の名前でしょ、英語じゃ格があるって聞いたけど、と満州美が言う。

「何だか面白そうね」

と千里。

「それじゃヴィヴィアンっていうのは、何だっけ？」

「元気な子っていうような意味かなあ」

満州美は上機嫌で寿司をつまみ、ビールを飲んだ。

「でもさ、本当に彼女たちはこんな名前をお互い声に出して呼び合ったのかしら。ヴィヴィアンとか、アンジェラだとか」

幼い女の子の遊びのようだ。

「呼び合ったと思うわ」

と満州美は真顔で言った。

「わたしだって女友達ばかりでスイス旅行したとき、道中ずっとシノブって呼ばれたのよ。昔からそういうことわりとやってたものよ」

「シノブって昔の女給みたいじゃない？」

「ふふ。女給ごっこもワクワクするわ。シノブさーん、三番テーブルお願いしまーす」

「あたし、そんな世界は知らなかった」

千里は呆れたように言った。

「でも初音さんたちが付けたイングリッシュ・ネームは、もっとほほえましかったんじゃないかしら」

と満州美は真顔になった。つまりあの時代の天津の租界だからサラなのだと言う。英国風の美しい建物が並ぶ天津だから、ヴィヴィアンだったり、エヴァだったり、アンジェラだったりするのだと言う。

「何ていうか、人生のひとときの女たちの旅ごころ……」

「サラは、初音さんのイングリッシュ・ネームよね」

千里はその名前を気に入った。サラは姫とかプリンセスという意味だと満州美が言う。

「われらの初音姫か」

語感の響きもいいと千里は思う。スッキリとしてサラッとして昔の初音さんの気質を彷彿とさせる。

「天津の初音さんは幸福だったたって思いたい。何だか、わたし涙が出てきたわ」

と満州美が言った。彼女は引き揚げて帰ってからの初音さんの苦労を知っている。若い頃、異国の地でそんな屈託のない女性同士の付き合いがあったことが嬉しい。

「サラって似合ってるわね」

千里は満州美と乾杯した。二人とも少し酔った。

翌朝、千里は満州美を誘い、天津時代の古いアルバムを抱えて『ひかりの里』へ行った。玄関を入ると奥のリビングルームの方角から、魂を揺さぶるような『アヴェ・マリア』の合唱が流れてくる。ここは天国だと千里は思う。ただここに居住する老人たちはそれを自覚できない。不思議な天国である。

柔らかな栄養物を口まで運ばれて、お尻を便器に乗せられて、その日の排便排尿の仔細を見守られ、入浴となれば赤ん坊のように服を脱がされ、玉のように洗われて、タオルで優しく拭き取られ、また衣服に包まれる。

退屈させないよう歌を歌って聞かせ、単純な楽器を演奏させ、たまに歌い手や手品、舞踊のボランティアが来館し、ときにセラピードッグなる犬が来て館内を歩き回り、愛嬌を振りまいてくれる。

ひび割れた爪を切り、皺だらけの顔にクリームを塗り、血圧、脈を測り、体調が悪ければ病院へ車で連れて行く。同じことを心ない手しか持たない者がやると地獄になることもあるが、『ひかりの里』には優しい手が集まっている。

お爺さん、お婆さん、アヴェ・マリアを御存知か。それって慈母観音のことですよ。ああ、その歌です、今、あなた方の耳に流れている旋律は。

千里と満州美がリビングに入ると、今日はちょうど地元の女子高のコーラス部が来ていて、『アヴェ・マリア』を歌い終えたところだった。コーラス部の娘たちが一礼をして帰って行く。『ひかりの里』の年寄りの聴衆たちは茫然として見送っている。本当はとくに茫然としているわけでなく、ただぼんやりしているだけだが、若い娘たちには茫然と座っているように見えるだろう。代わりにスタッフが精一杯感謝の手を振って見送った。

二人は車椅子に座っている初音さんを窓側に見つけて、部屋へ連れて行く。人形みたいに初音さんは運ばれる。

部屋に入ると、満州美が持参のプリンの蓋を取った。一口ずつ年寄りの口に含ませる。初音さんはプリンが好きだ。表情のない顔で、黙々と口だけ動かしている。昔は初音さんが鍋で蒸して作ってくれたものだ。黒蜜を煮詰めてプリンの上に掛ける。今は鍋も手も汚さず百五十円で、彼女の娘たちはコンビニから買って来る。

「あのね、こんな物が見つかったんですよ」

ベッド脇のサイドテーブルに、満州美が開いたアルバムを載せた。ずっしりとした重さに天津の七年間が収まっている。アルバムを見やすいように、千里が車椅子をテーブルに近付けた。満州美が枕元の手箱から老眼鏡を取り出して初音さんに手渡す。初音さんは眼鏡を掛けてぼんやりと眺めた。

五人の洋装の女性が写っている。

満州美が右端の羽根飾りの帽子をかぶった女性を指さした。ワンピースの襟元にはサテンと見えるフリルが付いて、耳にも胸元にも大粒の真珠が下がっている。戦時中の内地ではこんな女性の装いなど考えられない。つと、満州美はアルバムのカタカナ文字を片手で伏せた。

「初音さん。この女の人、知ってますか」

「彼女の名前よ。なんていうの？」

と横から千里が口をはさむ。

初音さんはじっと灰色の眼で見ている。頭の中で、閉じていたものが開くように唇がもぐもぐと動いた。

「エヴァ」

と言った。満州美と千里は眼を合わせた。当たり。

「次はこの女の人です」

フリルの服の隣は快活そうな断髪の女性だ。レースの花飾りの帽子をかぶっている。

「ヴィヴィアン」

満州美と千里はまた眼を合わせた。初音さんは何とよく覚えているのだった。

「次は」

黒髪を頬の横で切り揃えた女性。まだほんの小娘のようなあどけない笑顔。これは誰だ？

「サラ」

初音さんは一層、小さい声で言った。満州美は少し黙っていた……。それから初音さんの顔を注意深く見て、

「サラって、どなた？」

すると筋だらけの初音さんの右手が動いて、初音さんは自分の鼻先を指し示した。そうよ。あなた自身よ。わかっているのね。写真の女性を自分の姿と認めている。けれどその顔には特別な感情が浮かんでいるふうでもない。

「次はこの女の人です」

満州美は気持ちを切り替えた。

「アンジェラ」

と初音さん。

「こっちの端は？」

「キャシィー」

「おお凄い。みんな覚えてるわよ、初音さんたら」

千里がバンザイをした。それならこっちはどうだろう。千里は紙袋に入ったもう一冊のアルバムを出した。これには天津租界の町並みが収められている。

「この建物は何かしら」

千里が頁を広げて初音さんの前に置く。初音さんは無言である。次々と指す風景写真の中には、初音さんがいつも買物に行った旭《アサヒ》街の商店街や松坂屋百貨店があったが、とくに反応は見られない。古い写真はぼやけて、人間の顔ほどには見分けが付かないようである。

「こっちは無理かもね」

千里がつぶやいたとき、初音さんはめくられていく一枚の頁を指で押さえた。何やら花の紋章で枠取りされたA5判サイズの写真である。中国人の男女とひと目でわかる。

自転車のサドルに手を掛けた痩身の男性と、その横にジャーマンシェパードの鎖を握った断髪の女性だ。眸の大きな美少女である。満州美が男の方を指した。

「この方は」

「ヘンリー」

と初音さんは答えた。満州美が聞き返す。

「満州国皇帝の愛新覚羅溥儀じゃないですか」

「ヘンリー」

とだけ初音さんは繰り返した。

「この女性は」

「エリザベス」

「溥儀の正室の婉容でしょう」

「エリザベス」

これも一言である。言い終えると初音さんは一仕事終えた人間のようにホッと息をついた。

今日もまた昼食後の館内はしばらく静かになる。

年寄りたちは午前中一杯で早くも燃料切れの体となり、栄養補給の後はベッドに横たわってとろとろと寝てしまう。べったりと磯に打ち上げられた小魚のようだ。

満州美と千里がひととき空っぽになったリビングへ行くと、代りに要介護のない二階の入居老人がひと組、将棋を指しに降りて来ていた。妻に先立たれたりして独り暮らしの家を畳んだ、糖尿など食事療法の必要な年寄りたちだ。

満州美と千里は窓際のソファに腰掛けて、インスタントコーヒーを飲んだ。認知症老人は過去の時間に住んでいる、という大橋看護師の言葉を千里は思い出した。初音さんは七十七年前の天津に帰っているのではないか。

「まだ年号が昭和の頃だったか。職場の引き揚げ者会の人たちに付いて中国旅行して天津へ行ったことがあるわ」

と満州美が思い出すようにしゃべり出した。

「へえ。引き揚げ者会なんて、そんなものがあったんだ」

と千里が言う。千里は戦後八年も経って、家の生活も少しは落着いた頃に生まれた。それで姉妹の齢がひとまわり以上も離れていると、二人が見てきた戦後史もだいぶ様相が違っていた。

「今はもう親の世代の会員はほとんど故人になってしまってるわね」

千里たちの座っているソファのずっと先に、庭に面したリビングの窓がある。それを背にして二人の老人がほとんど身動きもせずに、将棋を指していた。午後の薄日の窓が老人たちの背に幻のような影を付けている。

「天津は婉容が多感な少女時代に、ミッション・スクールで西洋風の教育を受けながら育った所なのよ。ガイドの話では彼女は結婚前からエリザベス郭《クオ》というイングリッシュ・ネームを持っていたんだって」

婉容は天津のミッション系スクールを出たので、エリザベスはそのとき付けられた名前だという。

「当時の中国人にしてはかなりハイカラな生活をしてたのね」

「暮らしのほとんどは英国風だったようよ」

婉容が溥儀に嫁いだとき、すでに清王朝は倒れ中華民国が建っていたが、それでも清国の残渣を引きずり、皇帝の地位は保たれていた。その正室になった婉容の重圧は相当なものだったろう。

「清朝の皇帝には妃だけでも四人いて、その下にまた次のランクの妃が九人とかいてさ、そのまた下に二十七人という具合にぞろぞろいたんだって。それで皇帝に嫁いだ女性の数は合計何人になったと思う？」

　満州美は千里の顔を見る。千里は首を横に振った。

「百二十一人」

「女中の数じゃないの？」

「ううん、全部、皇帝の妃……」

　イギリス文化の洗礼を受けた婉容が、そんなおどろおどろしい紫禁城の奥へ輿入れしたのだ。けれど溥儀は過去の慣習を断って、皇后の婉容の他に一人だけ妃を残した。間もなく北京政変が起きて溥儀と婉容は紫禁城を脱出して天津租界に逃がれる。

「王朝が滅亡したのに殺されないの？」

「溥儀の身柄は初めイギリス公使館に頼って行ったんだけど預ってもらえず、後に日本公使館が引き受けて、特別待遇を与えられたのよ」

　不思議な滅亡の仕方もあるものだ。

「それで二人はたぶん一生で最も自由で幸福な時代を、天津租界で過ごしたのね」

　窓を背にした老人たちは、相変わらず同じ格好で将棋を指している。パチリ、と指して十年。またパチリと指して二十年。二人は時を引き伸ばし司るように見えてくる。寝間着の裾をはだけて、片膝立てて、向かい合った二人は同じ背格好で同じ顔をしている。

溥儀の側には長年人生の師と慕ったジョンストンというイギリス人の英語教師がいた。天津のガイドによると、ヘンリーという呼び名は彼が付けたというのだった。

「エリザベスとヘンリーの誕生ね」

二人が住んだ静園は確か日本租界の、軍の司令官邸の近くだったと満州美は言う。それなら初音さんが暮らした家とも町一つ離れてはいない。溥儀も婉容も天津の初音さんにとって、それほど遠くない人間のような気がしてくる。

千里はまた窓の方を見た。

離れた窓の外光は過ぎた時間を見るようだった。

「初音さんは天津のどこかで、婉容とすれ違ったりしたことはないのかしら。会うというほどでなくてもさ」

千里は先ほどの、溥儀と婉容の写真を前にした初音さんの表情を眼に浮かべる。色素も薄れた老いの灰色の眼が、一人の美貌の女性をとらえて、「エリザベス」と一瞬、小声だが確信を持って呼んだのだ。

「残念だけどそれはないわね」

と満州美が言った。

初音さんが俊作さんと天津に来たのは昭和十四年で、はたちのときである。

溥儀と婉容が自由な天津暮らしにピリオドを打つのは、日本の傀儡国家満州国が成立する前年の昭和六年である。同年、溥儀は単身で満州へ発ち、九年に皇帝となる。婉容は七年に天津を脱出して後を追った。二人が天津に滞在した期間は七年だった。

「婉容が満州へ発ったその七年後に、初音さんは結婚して天津の土を踏んだのよ。会うことはなかったはずね」

満州美はゆっくりと言った。

5

冬がきて商店街のバーゲンが始まると、千里の営む喫茶店も少し忙しくなってきた。普段の客だけでなく、商店主と業者なども寄って軽食を注文するのである。昼どきの客が重なると雇いの女性だけに任せるわけにはいかず、千里は姉に電話を掛けてくる。

「お姉さん、初音さんのこと、明日はお願い」

「はい、はい、了解です」

翌朝、満州美は杖を突いてバスに乗り、初音さんのいる『ひかりの里』へ出かけて行く。左半身不自由な満州美が訪ねて行っても大して役には立たないが、認知症の母親のそばにいて声掛けをすることくらいはできる。

朝の『ひかりの里』ではリビングルームのテーブルのあちこちに、破れ昆布が磯へ打ち上げられて引っ掛かったように、年寄りたちの姿がある。確かに年寄りたちはみんなここへ流れ着いた身だ。どこかから来て引っ掛かった。

年寄りのどの顔もどうやってここへ着いたのかわからないというふうに、茫然自失の表情だ。満州美はコツコツと静かに杖を突いて、初音さんの白髪頭の方へ歩いて行く。

「おはよう、お母さん」

満州美がにっこり微笑むと、訝しそうに初音さんは顔を上げて窪んだ眼の奥からじっと睨む。

あなただあれ？　あなただあれ、あなただれなの。知らないわ。知らない人ね。

初音さんはまた首をもとに戻して、いつもの茫然自失の顔になる。

満州美は初音さんの隣の車椅子に眼をやった。顎の張った四角い、岩盤のような顔に荒い毛の白髪頭は見覚えがある。１１２号室のコウゴさんではないだろうか。肝心の名前が出てこなくて、渾名ではコウゴさんだったということを思い出した。

「あのう天野初音さんのご家族の方ですか」

コウゴさんの車椅子の向こうから、初老の女性がこちらを見た。控えめに満州美に挨拶をした。

「初めてお目に掛かりますが、わたしは宇美乙女の娘でございます」

１１２号室はコウゴさんの部屋である。そうだった。コウゴさんは見かけによらず、たしか天女みたいな名前だった、と満州美は思い出す。

宇美乙女さんの面会人は今まで息子だった。部屋は近いがめったに彼が来ることはないようで、満州美は息子の顔をろくに覚えていない。

「今まで兄一人に任せていましたが、今年、主人が定年退職になりまして、こっちへ帰って来ることができました。これからは母を見に通ってまいります」

母親の乙女さんに似ない、小柄の大人しそうな女性である。齢は千里より少し下ではないかと思った。こちらも立ち上がって挨拶を返す。

「ようこそ。わたしは天野初音の長女です」

満州美も何となく母親の名前だけで済ませた。

昔、古典で読んだ『更級日記』は、菅原孝標女《すがわらのたかすえのむすめ》とだけ記されていた。父親の孝標が表札で作者はその娘なのだった。夫の浮気に嫉妬の思いを綴った『蜻蛉日記』の作者は、藤原道《ふじわらのみち》綱母《つなのはは》である。あれだけの熱い鬱屈を綴りながら、道綱の母、だけだった。

けれど今、西暦二〇〇〇年を過ぎてこの齢になると、親の名前だけで通用する世界は、介護施設などの家族交流くらいのものだろう。

満州美と乙女さんの娘は、双方の親の車椅子をくっつけて並べた。乙女さんの娘は立って行くと、二人分の紙コップにコーヒーを入れて来てテーブルに置いた。

「天野さんのお宅は……」

と乙女さんの娘が口をひらいた。

「戦時中は満州におられたのですか」

「ええ。でも中国の天津なんですよ。満州より南に下ります」

「受付の来訪者ノートに書かれたお名前を見て、もしやと思ったものですから」

乙女さんの娘は満州美のすぐ後に入館したようだった。

「私は名前のせいで皆さんによく尋ねられます。でもうちの場合は名前を付けた親にすれば、天津にも満州にも同じような熱い思いがあったんでしょうね。満州建国バンザイって。今はこの名前が虚しい気がしますけど。ときどきね」

「そうですね」

と乙女さんの娘はいたわるように相づちを打ってくれた。

「でも今は満州という名前の意味を知らない人がほとんどです。絶滅危惧の名前です」

満州美は言いながらくすくす笑った。乙女さんの娘には安心して話ができるという感じがする。乙女さんの親類にも満州から引き揚げて来た一家があるという。満州夫という従兄がいたが、帰還船の出る葫蘆《ころ》島の港へ向かう途中、無蓋貨車の中で幼い命を落としたらしい。

「人間でぎゅうぎゅう詰めの貨車の中で、満州夫は立ったままの人の壁に押されて、その拍子に倒れたんですって。そして貨車の板底で人間の壁のね、靴に踏み潰されたそうです」

「まあひどい」

満州美は顔を歪めた。男の子の無惨な姿が黒い影となって浮かんでくる。

「母や伯母たちが盆などに集まると満州夫の話になるのを、子どもの頃、耳に染み入るように聞いたものです」

話が戦時中のことになると、初対面同士でいつの間にか七十年前の中国の幻を抱き合っている。関係のない人間には古く色褪せた映画のスクリーンを見るようなものだが、そこをくぐり抜けた者には映画でも何でもない。

背中に張り付けたままの昨日だ。

満州美の背中には、帰還船の舳先から見おろした海が張り付いている。船の中の便所は人間が多すぎて、絶望的に順番がこない。その上、子どもたちは栄養失調で下痢をして、どの子も便を付けたままの尻が爛れ、下着が乾くとカパカパに固まって爛れを擦った。

けれどそれを痛いと言って泣く子はいない。尻も痛いが、腹も空く。早春の海風に身は凍える。子どもたちも苦痛は自分で耐えるしかすべがないことを知っている。

玄界灘の波浪は船を三日間も捉え続けた。

応急の仮設便所が海に突き出た舳先に設けられた。天井も壁もない、グウーンと板を海へ延ばして、途中に穴をくり抜いただけの、眼もくらむ恐怖便所だ。誰かおとなの男の人の長い腕が満州美の服の背中を摑んで、舳先の突端まで突き出してくれた。親も子もなくてその腕だけが、満州美の命をしっかりとぶら下げた。

おいさんが摑んどるで安心せい！

天から糸で吊されたように、満州美は海に突き出た便所の穴にしゃがまされた。股の下に遠い黒い色をした早春の海が覗いていた。

あそこへ行くとらくになれると、子ども心に思った。

そう思うと波音が消えて耳が詰まったようになった。

じっと穴の下を睨んだ。六歳の記憶である。何度も思い出しては再確認するので、昨日体験したように迫ってくる。

乙女さんの[illegible]、[illegible]コーヒーを飲んだ。

満州美が何か尋ねる番だった。

「宇美乙女さんはずっと内地にいらしたんですか」

内地だなんて自分でも思わぬ珍しい言い方になる。

「はい。母は桂川《けいせん》の農家に嫁ぎましたので、ずっと女手一つで田畑を守っていたようです。父は商人で大阪より西の一円を反物を売り歩いている人で、家のことは母が担っていたのです。舅姑は年取って、まあ労働力を見込んで嫁に取ったようなものです。昔はどこもそんなふうだと聞きました」

乙女さんの頑健そうな体は婚家でつくられたのだろう。

「母は多産の体質で子どもが次から次に出来るんです。父が旅から帰るたびにおなかが膨れたんだそうです。あの、アレです……」

と乙女さんの娘はちょっと言い淀んで、言葉をつなぐ。

「……あの間隔を空けるとね、妊娠しやすいと言いませんか？　それで年子、年子で出来るんです。お産は稲刈りの途中だったとか、田圃で産気づいたのを知らせるために、馬を家へ走らせたとか、吃驚するような話をいろいろ聞きました」

コーヒーの湯気を包むように、乙女さんの娘は温かい紙コップを両掌に挟んでしゃべる。そのとき車椅子に人形のように座っていた乙女さんの顔が歪んだ。

「腹が痛い」

眉を吊り上げ、脇腹を押さえ始めた。

「おなかが痛いんですか」

満州美が思わず乙女さんの腹を覗き込んだ。

「痛い。痛い」

と乙女さんは苦悶し始める。盲腸ではないだろうか。九十歳過ぎて盲腸になるだろうか。

「大丈夫かしら。どんなふうに痛いですか」

満州美は身を乗り出す。

するとと乙女さんの娘が柔らかに満州美を止めて、

「思い出しただけですよ。しまったことを言いました。わたしの話で陣痛を思い出したんです」

彼女の眼が微笑んでいる。

「痛い、痛い。おっかさん、痛いよお」

乙女さんが突然、子どものようにベソをかいた。よほど痛いのではないか。陣痛の記憶だとしても、痛いには違いないと満州美は思う。

「痛い、痛い、痛い、痛い！」

「大丈夫。もうすぐ生まれますよ、ほらほら生まれてくるところ……」

乙女さんの娘がおなかを撫でてやる。母と子が逆になったような不思議に温かい情景になる。

「ほら、拝みなさい。いつものように拝むのよ」

乙女さんの娘が母親の耳にささやく。年寄りのカサカサに乾いた耳の穴は、白髪がかぶさった暗い洞穴に見える。白髪はススキの穂のようだ。その中に人の言葉を聴く器官があるとは思いにくい。

しかしその耳は娘の声を聴き取ったようで、乙女さんの唇はぶつぶつ動き始めた。

「コウゴさん、コウゴさん。らくに生ませておくんなせい」

呪文めいている。

「どうどどうど、らくに生ませておくんなせえ。コウゴさんが生ましゃったように、安産お願《ねげ》えもうします」

乙女さんの眼は宙に浮いて、暗誦するように唇が動く。

「コウゴさんとは人の名前ですか」

満州美は乙女さんの娘に尋ねた。

「それとも神様？」

乙女さんの娘は相変らず、手を差し伸ばして母親の腹を柔らかに撫でながら満州美を振り返り、

「神功《じんぐう》皇后のことですよ」

と微笑んだ。

何と……。満州美はぽかんとなった。

「神功皇后」

大昔の、神代の時代の人影が現れたような気がする。

「コウゴって、その皇后のことなんですか？」

年寄りの口から出る言葉は判じ物のようである。

「ええ。神功皇后さんのお呪《まじな》いは、安産祈願にとても効くんだそうです。昔の女性たちだけでなく、今もね、家の近くの宇美八幡宮には安産祈願をするため、若い妊婦さんが後を絶ちません」

福岡県下には熊襲征伐から新羅遠征まで、神功皇后の足跡にゆかりの神社が二十社以上も

ある。

中でも香椎の地には、仲哀天皇と神功皇后の夫婦神を祀った豪壮華麗な『香椎宮』が建っている。ここでは十年に一度、天皇の勅使を迎える儀式がおこなわれて、昔、家が近かったので満州美も千里も初音さんに連れられて、その美しい行列を観に行ったことがある。

髪をみずらに結った男装の神功皇后が、古い煤けた絵馬の中からにわかに生彩を取り戻した。げんに満州美の眼の前で一人の認知症の老婆が、神功皇后のお呪いを唱えてその通力にすがろうとしている。

「乙女は多産だった母親似で、六男二女の子どもを生んで、私はその五番目の子どもです」

たしか神功皇后は身重《みおも》の腹を抱えて新羅へ渡り、戦果を揚げて帰国すると、筑紫の宇美で無事に出産したのである。福岡には神功皇后ゆかりの地名がおびただしくあるので、年配の人間なら誰でも知っている。

宇美という地名は、産み、にあやかっている。

そのときの赤ん坊が後の応神天皇となる。皇后は臨月近い身で新羅征伐へ発って帰国後に出産したわけだから、その妊娠期間は何と十五ヶ月以上におよんだのだ。

そんなことから皇后は女性の軍神としてだけでなく、聖母、安産の神にもなっている。

「ほら、効いてきました。効いてきましたよ」

乙女さんの娘が言った。彼女の母親の首が垂れて、いつの間にか車椅子の上で眠り始めている。満州美がふと見れば初音さんの瞼も閉じてとろとろと眠っていた。

「でも変ですね。なぜかしら」

満州美は首をかしげた。

「乙女さんはコウゴさんと呼ばれると、興奮しているときでも静かになるんだそうですね。それでコウゴさんって渾名が付いてるんです。乙女さんは神功皇后におすがりするのじゃなくて、神功皇后になってるんじゃないのでしょうか？」

すると乙女さんの娘も考え込んで、

「でも、それならどうして皇后さんにお呪いを唱えるんでしょうか。さっきも母はらくに生ませてくださいと、お願いしたばっかりですもの」

「ええ、それはそうですよね」

二人の話は頼りなくふらふらと揺れる。

「わたしの母が神功皇后さんになるなんて滅相もないです。たぶん皇后さんの名前は聞くだけでも、とてもお呪いの力があるのですよ。コウゴさん、コウゴさん、とみなさんが呼ぶその言葉を耳にするだけで、母は気が静まるのではないでしょうか」

「ああ、なるほどねえ……」

満州美はうなずく。乙女さんのことはわからないが、自分の親の初音さんが何気ない言葉に鋭く反応するときがある。さっき乙女さんを襲ったまぼろしの陣痛もその反応かもしれない。

腕時計を見て満州美たちは腰を上げた。

昼食にはもう少し時間がある。

乙女さんと初音さんを部屋のベッドに移してやらねばならない。リビングのテーブルをまわっていた大橋看護師が来て、満州美の代わりに初音さんの車椅子を押してくれた。テーブルのあちこちには、まだ年寄りたちがてんでんばらばらに打ち上げられている。


「お姉さん、今晩は」

午後八時を過ぎて千里が店の帰りにやって来た。店のカウンターの中で下拵えをしたうどんすきの出汁や、野菜、豆腐の切ったのをタッパーに入れて提げている。間もなくマンションの狭い台所に昆布とカツオ節の香りが立ちこめた。

姉妹が向かい合ってうどんの鍋に箸を入れる。体に何一つ障害のない千里は店の仕事と『ひかりの里』通いを普通にこなしているが、手足の不自由な満州美には疲れる仕事だった。

「今日はお疲れさまでした」

二人でビールの中瓶を開ける。

千里が鍋から湯気の立つうどんや豚肉を取り皿に入れて、満州美に渡す。それを受け取って箸で出汁と混ぜながら、満州美が妙な話を始めた。

「わたし『ひかりの里』に行くと、よく思い出すことがあるの。ほら、あそこの広いリビング。お年寄りがぽつん、ぽつんと座ってるじゃない。ぽかんと天井を見てたりして」

「ええ。それで何を思い出すの」

「山羊よ」

ヤギ？　千里が変な顔をした。

「動物の顔のこと？　白くて細長い顔とか、小さい眼とか」

「ううん、顔じゃないの」

満州美は箸を握ったまま笑う。

「ずいぶん以前、テレビに外国のどこかの山のね、断崖絶壁が映っていたのよ。ナイフでガリガリ削ったような、切り立った高い岩の崖ね。ほとんど垂直。よく見るとその崖の中途に何か御飯粒みたいなものが、一杯くっついてるの」

「知らない。あたし見たことないわ」

「その粒々は山羊なのよ。野生の山羊たち」

垂直の岩壁はよく映像で見る。ロッククライマーがハーケンを打ち、ザイルで体を固定しながら登攀する、そんな気が遠くなるような壁面だ。

そこを山羊たちが当然、ハーケンもザイルもなしに体の片側を接着剤でくっつけたように張り付けて、せっせ、せっせと登っていくのだ。思わず自分の眼を疑うような光景だ。山羊が墜落しないのには理由がある。

「山羊はもともと高い所へ登るのが好きらしいの。岩壁どころか、草原に生えてる木の枝の先っぽまで、木の実が生っていればずんずんあの足で登って行くのよ」

「木登り山羊かあ」

「木の枝にね、一杯にまるで山羊の花が咲いてるような光景。もう素晴らしく大きくて、ぼろぼろの毛のね、満開の山羊の花」

「ああ、もうあたし信じられないわ」

千里は苦しそうに笑っている。

野生の山羊の蹄は外側が硬く、真ん中の部分は柔らかい特別な構造で、わずかな岩場の溝にでも爪を掛けることができる。それに先天的な跳躍力の持ち主で、数百メートルの草も木もない垂直の岩壁をどんどん上り詰めるのだ。

満州美の説明に熱がこもるので、千里はうどんを啜りながらだんだん訝しい顔になった。

「ねえ、そんな俊敏な山羊に、認知症でよろよろの初音さんたちがどう似てるわけ？」

うんうん、そうそう、と満州美はうなずいて、

「カメラをぐーんと引くと、岩壁のあっちこっちにそんな奇跡の山羊たちが張り付いてるの」

見上げる岩壁の高みに孤高の一匹の姿があるかと見ると、その下にもう少しという距離で

頑張っている一匹もある。中途で休んでいる数匹は岩の隙間のわずかな草を食べている。はるか下では今からそろそろ登攀を志そうとする山羊もいる。

「広い岩壁のあっちこっちの場所に、あるいは高く、あるいは低く、てんでんばらばらに山羊たちが張り付いてる。奇想天外、悪夢のような光景でもあるの。『ひかりの里』のリビングに入ると、その山羊たちによく似た年寄りが、あっちにもこっちにもいるのよ」

「でも『ひかりの里』に断崖絶壁はないわよ」

「絶壁はね、年寄りが一人一人抱えているのよ。決してあの人たちは一塊にまとまらず、眩暈のするような自分だけの絶壁にたった独りで張り付いてる。滑落しそうで、でも夢のようになぜか全然墜ちなくて、わたしたちが助けに行けない場所に引っ掛かってる」

ああ、お姉さん。

と聞きながら千里は顔をくしゃくしゃにしかめた。

「やめて。あたし、何だか泣きたくなってきたわ。悲しい。初音さん、可哀想。助けに登って行きたくなる。でも行けないのよね。初音さんも、乙女さんも、牛枝さんも可哀想」

満州美はそんな千里の顔を眺めると、テーブルのティッシュの箱を黙って彼女の方へ押しやった。子どものような妹だ。千里はティッシュをつまんで洟をかんだ。

もし自分も初音さんのように認知症になったらどうするか。満州美は千里の泣き顔を見ながら思う。認知症にはアルツハイマー型と、脳血管性とがある。そして満州美のように過去に脳梗塞などを起こして倒れると脳血管性認知症のリスクが高くなりやすい。

認知症が出ると初音さんのように他人の手を借りることになる。それならいっそのこと死を選びたいが、そんな自己決裁ができなくなるのがこの脳の病気である。死ぬまでは生きていかねばならない。

満州美は若いとき、この世はもう少し楽に生きられるものと思っていた。幼いときの天津引き揚げの体験は、自分の人生の滅多にない不運だとケリをつけていたものだ。

癌はまだいい。助からなければ死ぬまでで、この世の期限が付いている。認知症に死の宣告はない。初音さんの次に自分が発症すれば妹はどうなるだろうか。

満州美は千里に自分の気持ちを勘付かれて心配をかけないように、つとめて明るい顔をよそおって鍋に箸を伸ばす。千里の気分は直ったようで、肉をたっぷり皿に取っている。健康な千里は好きな肉を食べることに何のためらいもない。

崖を登る野生の山羊には仲間がいて群れがあるが、人間は山羊よりはるかに孤独である。

「ねえ。山羊はどうしてあんな高い所に登るのかしら。高い所が好きなの？　そんな高い所の草を食べなくても、ほかに生えてるんじゃないの？」

鍋に出汁と豆腐を足しながら、今、泣いた千里がもうけろりとして言う。

「あのね、高い所の草は小さくても栄養価が高いんだって。それに岩の隙間の土はね、塩気があって山羊の好物だそうよ」

そう言いながら満州美は、どこの渓谷だったか、高い空へ突き刺さるような岩峰を思い出した。その眩暈のするような巨大な壁を登って行く、点々と御飯粒ほどの影が見える。あの山羊たちは孤独じゃない。仲間がいる。

けれど初音さんや乙女さんも、今はもう孤独じゃない。そんなことを感じない世界に行ってしまったのだから。

ああ、ただ、わたしは淋しい。満州美は胸を震わせる。今日の自分はどうかしている。それを打ち消すようにうどんを啜り込む。

冬晴れの朝。

大橋看護師が体温計の束を持って廊下を急いで行く。若い介護士たちが年寄りを車椅子に乗せて、リビングへ連れて行く。

年寄りたちは部屋での検温がすむと、食事をさせられて、排泄をさせられて、肌着を着替えさせられて、さて掃除をするために室外へ追い出される。

暖房のきいたリビングでは、今日は地元の中学校の少女コーラスが、車椅子の到着を待って整列をしている。休日の少女たちはボランティアの天使である。喉を磨いて待っている。

そこへがらんどうの眼をした車椅子の年寄りが集まって来て、リビングは少しずつ埋まって行く。

冬の朝は明るい歌から始めようと、軽快なピアノに合わせて少女たちの声が、童謡の『たきび』を歌い始めた。

かきねのかきねのまがりかど
たきびだたきびだおちばたき
あたろうか
あたろうよ
きたかぜぴいぷうふいている。

この歌が昭和十六年太平洋戦争勃発の年に生まれたことを、歌う少女たちは知らない。そしてＮＨＫラジオの番組案内テキスト『ラジオ小国民』でこの歌が発表されるや、軍当局から巽聖歌の作詞が「焚き火は敵機の攻撃目標になる」や、「落ち葉は風呂を焚く貴重な資源である」などと文句を付けられ、三日間の放送予定が二日間に変えられたことなども、少女たちはむろん聞いたことがない。

それでも『たきび』は子どもの心を摑んで、今に歌い継がれている。『ひかりの里』の年寄りも子どもの頃、その歌が幼い耳に染み込んだ者もいるだろう。

温かい建物の中では合唱が流れているが、窓の外は木枯らしが吹いている。

向こうには畑が広がっていた。

いつもなら塀にそって葉の落ちた木立があるだけなのに、なぜか今は黒い土の大根畑になっている。

その畑の中に人影が一つあった……。

体格の良い農婦が鍬を振るっている。

エイッ、エイッ、と鍬の刃を肥えた黒い土に打ち込んでいる。頭に手拭いをかぶり、破れて綿のはみ出た袢纏にモンペ姿の女。宇美乙女さんである。畑の端に藁カゴが置かれて、幾重にも襤褸《ぼろ》に包んだ赤ん坊が寝かされていた。

乙女さんは額に滴る汗を頭の手拭いを外して拭き、袢纏を脱ぐとカゴの赤ん坊の上に掛けてやる。太く黒い意志的な眉。その下の少し飛び出たような両眼。えらの張った顎はむっと口を引き締めて、鍬を握る手に力を込めている。

働いても働いても彼女の仕事は終わらない。朝飯を食べさせた子どもたちは昼には腹をすかせ、夕方には待てなくて泣き立てる。昼に乳を飲ませた赤ん坊は夕方には干涸らびかけて、乳房にしがみつく。

夫は大陸へ出征して、幼ない子供が二人いる。舅は痛風で足が立たず、姑は口が悪くて神経痛だ。牛は年寄りで、馬は働き過ぎて眼が見えない。

食べさせねばならないものたちの口があんぐりと開いている。男は鉄砲を担いでわざわざ海を渡り戦争に行くが、乙女さんは朝ごとに家の中、畑と、別の戦いに明け暮れている。強い風が吹いてきた。空が昏くなり遠くで喇叭の音が流れていた。潮の満ちるような響きは大勢の人間の声に違いない。

ズドーン！

ズドーン！

と地を揺るがす戦場の砲声が響いてきた。

乙女さんは鍬を捨てて立ち上がった。

いよいよ自分も征かねばならないと思う。赤ん坊を負ぶい紐で背中に括り付け、上から破れ袢纏をかぶった。

空はますます昏くなる。乙女さんは一足、歩くたびに背丈が少しずつ伸びていく。だんだん大きくなって、ずしんずしんと音を立てて歩くようになった。そのたびに背中の赤ん坊も大きくなっていく。道端の楠を小枝のように片手で払い、川を軽々と一足で越えた。

道が切れると、海に出た。手をかざして眺めると、青い海原の彼方に中国大陸の戦場の煙がぼうっと浮かんだ。人々の叫び声が遠い風のように聞こえてくる。

頭の手拭いを外すと、髪に手を伸ばし、男髪のみずらの形に結い直した。乙女さんは雲を突くような巨大な体になっていた。

ざぶりざぶりと海に入り、波の上を歩いて行く。彼方に大陸が青い線になって浮かんでいた。

家も国も海も山も人も動物も守ろうと思う。乙女さんの中では、守ることと攻めることはひと続きになっている。人を産むことと殺すことも裏表である。なぜかそういうことになっている。愛と攻撃と、神と鬼は一身の内にある。

乙女さんは女の戦さ神になる。

ざぶり、ざぶりと玄界灘の波を蹴立てて舟のように走った。


「お早うございます。乙女さん」

朝日の射す窓辺で千里が車椅子の乙女さんに声をかけた。乙女さんは眼をつむって口を少し開けている。歯のないしぼんだ口から寝息が洩れている。

「歌を聴いておられるうちに眠ってしまわれたんですね」

と千里が見おろす。この瞼の裏で年寄りはどんな夢を見ているのだろう。

「この頃はしょっちゅう眠ってばかりで……」

と乙女さんの娘は困ったような顔をして、

「もうあっちへ行ききりになってしまったみたいです」

やる方なさそうに言った。

6

その頃、初音さんの心はしきりに外へ出て行くようだった。ただその行き先は誰にも察しはつかないのだ。

「おとといの晩もね、千里さんが帰られた後、初音さんたら部屋を抜けると、裏口の戸を開けて外へ出て行こうとされたんですよ」

千里は朝の廊下で向こうからやって来る大橋看護師に挨拶すると、そのまま立ち話になってしまった。

「まあ、帰り際の様子はぐっすり眠ったようでしたのに」

あの日は初音さんの規則正しい寝息を聴いてから、千里は枕元を去ったのだった。そのせいでいつもより帰りが遅くなり、外はもう日が暮れていた。

初音さんはその後で眼を覚まして起き上がった。真っ暗な裏庭へ出て行こうとしたようだ。

日暮れ前に裏口の戸は施錠されるが、この日はクリーニング屋の配達が遅くなり、鍵は開いていたのだった。幸い夜勤の介護士がドアを開けようとする姿を発見して連れ戻した。

「この頃、徘徊が進んできたようです。お世話をかけてしまってすみません」

肩を並べて歩きながら千里が言い淀むと、

「でも大丈夫です。うまい手を考えたんですよ」

と大橋看護師が言った。

廊下を曲がると裏戸の前に来た。ここから庭へ出るのである。

「ほら、あれを貼ってみたんですよ」

サッシの戸に大きな貼り紙がしてあった。

『工事中　立入禁止』

と年寄りの眼に付きやすいように太字マジックで書いてある。ふふ、と大橋看護師は急に笑って、

「これは大変効き目がありました。車椅子をほっぽり出してよろよろ部屋を抜け出した初音さんが、ここで行く手を阻まれて立ちすくんでいたんですよ」

「この貼り紙の前で？」

「ええ。この前で。電気に打たれたみたいに」

千里は妙に納得した。年寄りはたとえ認知障碍が入ってもこの世の約束事とは未だつなが

っている。まだ文字を読むことはできる。いきなり貼り紙に通せんぼされた初音さんの当惑顔が眼に見える。

「それからは朝、昼、晩、初音さんは何回もここへ来ては、しょんぼりと部屋に戻って行かれます」

ということは、当分この貼り紙が初音さんを見張ってくれることになる。

リビングには、今日も磯に打ち上げられた昆布の切れっ端みたいな年寄りたちがいて、大きなサッシの窓越しに日向ぼっこをしている。

千里はそこに初音さんの姿がないことを確かめて部屋に行った。コンコンとノックして入ると、ベッドに仰向きに寝た初音さんの顔がこちらを向いた。何とも淋しい顔だった。

初音さんが開ける裏口の戸向こうは天津の街なのだと千里は想像する。旧い外国車や馬車が行き交う夢のように美しいイギリス租界なのかもしれない。ああ、そうなら初音さんの毎日は素晴らしい。けれど天津行きのその通り道は今、通行止めである。

初音さんは千里に気付くと、水に濡れた重い体を引き揚げるようにベッドに身を起こした。

「おはようございます。初音さん、ご機嫌はいかがですか」

千里は洗濯してきた肌着を整理タンスに収める。

「あら、今来たの。ちっとも気が付かなかったわ」

初音さんは寝起きの声でぼんやり言った。

「いいんですよ。そのままどうぞおやすみなさい」

「でも、あたし、心配で寝付けないの」

灰色の白目の多い初音さんの眼が千里に訴えた。

「心配？」

「だって、あたしの赤ん坊、おなかの中で流産しかけていたのよ。今は止まってるんだけど。ねえ、赤ん坊が流れるって、卵が崩れるようにどろどろになるのかしら」

初音さんは恐ろしいことを言う。

「先生はもう大丈夫って仰るけど、頭や顔が溶けかかったまま生まれたら恐いわ。ねえどうかしら。あたしそのこと考えると眠れなくなるの」

そういえば満州美は妊娠初期に流産しかかったのだと、昔、初音さんが言っていたのを思い出した。

「大丈夫ですよ。もう止まったんだから、可愛い女の赤ん坊が生まれますよ」

千里はさばさばと言った。

「女の子ですって？　どうしてそんなことがわかるの」

「あたしの予想は当たるんです」

「神様みたいね」

初音さんは不思議な顔をした。

世の中の時間の仕掛けが本当にこんなものだったら、神になんて簡単になれる。時間の行き違い。物事の並び具合の順番が差し替えられるだけである。今朝は自分の頭がずいぶん明晰になったような気がする。

やがて昭和十五年一月十日、その溶けかけていた赤ん坊は三千数百グラムの元気な体で生まれてくる。あたしは神のようだ、と千里はつぶやく。初音さんのその後の人生がずらっと一目瞭然に見通せるからである。

「みかん剝いてあげましょうか」

「いいえ、わたしは外へ行きたいだけ。でもね途中の道路が何だか壊れてるみたいなの。だから戸を開けてくれないのよ」

と初音さんは切ない声である。

「まあ大変だこと」

千里はうなずいてやった。

初音さんは窓を眺めている。病院の一階の窓からは冬支度をしたケヤキの裸木が見える。

「旭街《アサヒ》の辺りは立ち入り禁止になっているの」

「それは困りましたね」

千里は椅子に腰掛けてみかんの皮を剝くと、手持ち無沙汰に自分の口に入れる。その間、窓を見ていた初音さんの眼がふと動いた。

窓枠の縁にそっと人間の手の指が現れるのを、初音さんははっきりと見た。指輪をはめた白く優しい女性の手だ。やがて、その横にぬっと羽根飾りの帽子をかぶった女の顔が現れた。窓ガラスの向こうからこっちを覗いて微笑んでいる。

「初音さーん」

と女が手を振った。

「エヴァ」

初音さんはベッドからよろめきながら降りる。

窓ガラスの向こうにまた別の女の顔が現れた。こちらはレースの花を飾った赤い天鵞絨の帽子の女である。ヴィヴィアンだ。彼女もにっこり笑って手を上げた。天津の日本駐在員の妻たちだ。

初音さんは窓辺へ行って傍らの戸を開けた。その手に、

「はい、これはお見舞い。うちの庭からよ」

と真紅のバラの花束がエヴァの手から差し出された。

「まあ。ありがとうございます」

すると彼女たちは長いドレスの裾を引き上げると、窓辺に花が開くように、ひらりひらりと戸を開けて身を潜らせて入って来る。

「御妊娠おめでとう！」

「うれしいわ。ああ、でもどうしましょう」

初音さんはあわてて辺りを見る。この病室にはお客をもてなすものが何もない。アマはどこへ行ったのか。さっきまでここにいてみかんの皮など剝いていたあの女中は……。

「アマ！　アマや」

そのときドアが開いて、洗濯場にでも行っていたらしいアマが戻ってきた。長い黒髪を一つに束ねて腕まくりしている。夫の俊作さんは一週間ほど仕事で旅に出ているので、その間、初音さんのことはアマが病院に泊まり込んで世話をしているのである。

「アマや。お客様がおいでになったわ。お茶とお菓子の支度をしてちょうだい」

と言われてもこんな軍の病院で満足な茶菓のもてなしができるわけがない。アマは口をつぐむと、窓から闖入した華やかなお客のために、廊下へ出ると給食室から安物の緑茶を淹れて来た。

「まあ、こんな汚ない茶碗で」

初音さんは溜息をついた。

「あら、こんな所でお茶会なんて思いもしなかったわ」

租界暮らしに慣れた駐在員の妻たちは、ころころと笑い合う。

「とにかくよかったわ。こんなご時世では日本で出産するより、租界の方が医療も整っていて安心よ」

先輩主婦の二人の女客はうなずき合った。

「ええ、何といっても子どもの教育には、広い世界の風を浴びさせることが大事だわ」

「ここにいると子どもたちは、英語なんていつの間にかしゃべってますからね」

「ただし中国語も朝鮮語もフランス語も、みんなちゃんぽんなんだもの。どんな国際人が出来上がるか想像がつかないわ」

楽しそうに言い合う二人に、初音さんもつられて笑った。

租界とは奇妙な所だ。世界はどこへ行っても国ごとに境界がある。その中でも大国同士がこの中国の狭い一地域にわれ先にと出店を張り、中は往来自由のおかしな土地が出来上がった。見えない国境を跨いでいつの間にか英語の街で買物をし観劇し、フランス語の街で買物をする。イタリア語の街で食事をする。

「ここで育った息子を連れて日本に帰ったら、内地の暮らしが窮屈すぎて苦労するんじゃないかしら」

極彩色のゲームの国から現実に戻るようなものだ。

初音さんは黙って先輩たちの話を聞いている。これから自分も子どもを生むので、頭に入れておかねばならないことだ。

「子どもといえば」

と羽根飾りのエヴァが声の調子を上げて言った。

「わたし、信じられないような思い出があるの」

エヴァの本名は何というのだったか……。思い出せなくともとくに不便はなかった。その方が夫の属する組織から自由でいられる。俊作さんがエヴァの夫の姓を口にすることがあったので、三島ということだけ覚えている。

「それは、まだ静園に溥儀と婉容が居た頃よ」

エヴァはこれから話すことがどんなに素晴らしいか、胸をときめかすような表情で口を切った。

静園は紫禁城を追われた溥儀が日本租界に住んでいたときの邸宅で、広い道をはさんで南には発電所の敷地が広がっていた。

「夏の夕方だったわ。あれは息子を連れて旭街で買物をして家へ帰る途中で、タイヤがパンクしてしまったの。雇っていた若い中国人の運転手が外へ出ていろいろやってみるんだけど、なかなかはかどらない」

「ええ。中国人の運転手はまだ車に慣れてないのが多いのよ。うちのもそんなことがあったわ」

ヴィヴィアンがうなずいた。

「外はもう眩暈がするような暑さで、道も真っ白に溶けそうだったわ。そのうち車の中で三歳の息子が青ざめてぐったりし始めたの」

「誠ちゃんのこと？」

「ええ。暑さに当たったのね。わたしは息子を抱いて道端の木の下に休んでいたんだけど、向こうから黒い車が走って来るのが見えたので、思わず道に飛び出したのよ」

「まあ危ない」

「助けて、って飛び出したの。夢中だったわ。黒く光る車。とても美しかった。車は気が付いてスピードを緩めてわたしたち親子の前に止まったの。運転席に白い顔の女性が座っていて、降りて来た姿を見たとき、わたし、ああ、静園の婉容だってすぐ思った」

ヴィヴィアンと初音さんは顔を見合わせた。

「それで」

と初音さんが聞いた。

「どんなお顔でした？」

「何だか眼を瞠ったようなね、とても大きな黒い眸だったわ。それがキリッと吊り上がったような感じ……。今もはっきり覚えてるけど、生《き》一本の思い詰める性格みたいな、きつい容貌だった気がするわ」

エヴァは大事な思い出を開くようにゆっくりと言った。

「婉容がわたしを見て言ったのよ。你《ニィ》　怎么了《ザンマラ》？　どうしたの、って聞いてくれたことだけはわかるんだけど、返事の言葉が出なかった。落ち着いたら少しは言えるんだけど、前の年に天津に来たばかりで、中国語はカタコト同然なの」

外国で言葉がしゃべれないのは、おカネの入っていない財布を持っているのとそっくりだと初音さんは思う。彼女自身も文無しの財布で天津を彷徨ったことがある。人に会うと財布の底を覗いて、わずかばかりの小銭を拾い出して、一つ二つの言葉を口に出す。

「ヘルプ　ミイ　ってね、たったそれだけの単語が口から出たのよ」

「婉容は娘時代に、天津のミッション・スクールを出ているんですってね」

と初音さん。

「ええ、それで抱いていた息子をね、わたし、彼女の方に向けて言ったの。英語は少し習い始めていたのよ。プリーズ　ヘルプ　ミイ！」

文無しの財布の底に見つけた幾枚かの硬貨だ。

「マイ　サン　シック！　わたしの、息子が、病気です。テイクアス　ホスピタル！　病院へ、連れて行って！」

それだけ言えれば充分だ。

「婉容がうなずいて、後ろのドアを開けてくれたの。アイ　ゴットイット　ライド　オン！こっちの車に乗りなさいって。毅然として、澄んだ高い響きだったわ」

車の中はどんなだったか覚えていないとエヴァは言う。ハンドルを握る婉容の肩の細さだけ覚えていた。道はただ炎熱に陽炎が立っていた。

「運ばれてきたのはこの病院だったの」

「まあ」

初音さんは息をついた。

「わたし、息子を抱いて車から降りるとき、思わずアリガトウとお礼を言ったの。そしてあなた婉容さんね、と日本語で呟いたら、婉容が首を横に振ったの。ノウ！　マイネーム　イズ　エリザベス……」

「たったそれだけですか」

「ええ。清王朝最後の皇后が、たったそれだけ言ったの……。エ、リ、ザ、ベ、ス。彼女はウエストが片手で握り締められるくらいに痩せていて、白いジョーゼットのワンピースを着ていたわ。だから遠目だと洗いざらしの夏服に見えたけど。でも、極上の風合いの洗いざらし。耳に小さな金のリングが揺れていただけ」

「まるで映画のようですこと」

「婉容の輝く車が横付けされたのでね、病院の中からは何事かと看護婦たちが走り出て来たわ。婉容が何か指示すると、わたしの息子は看護婦に抱きかかえられて中へ入った。そのときわたしは婉容を振り返って、こう言ったのよ。マイネーム　イズ　エヴァ。アリガトウ。このご恩は忘れないわ。そして看護婦たちの後を追ったの」

帽子の下の一重まぶたのエヴァの眼が窓を見ながらつぶやいた。

「信じられないでしょうけどね」

「信じられないけど、ああ、でもわたし信じられますわ」

と初音さんは言った。

まだ妊娠しただけで子どもも産んでいないのに、初音さんはまるで自分の子どもが運ばれて行くような気持ちがした。道が灼けてめくれ上がるような天津の炎熱も、幼い息子を抱えてその道に飛び出すときの戦《おのの》きも、自分に起きた白昼の稲妻のような出来事に思えた。

老いた初音さんはベッドの上から窓を見ている。

すでに当時の黒い髪は抜け落ちて、まばらに残る細い毛は芒のように白い。両脇に千里の手が回ってきて、初音さんの体はベッドから車椅子に移された。

初音さんを乗せた車椅子は部屋を出て廊下を行く。それから裏口の戸の前に着いて静かに止まった。

「ここ……」

と初音さんの手の指がゆらゆらと差した。戸の向こうへ行きたい……。

「でも、今日は工事中のようだわ。残念ね」

と千里が言う。

「でも明日には終わりますよ。きっとね」

千里は明るく笑って請け合った。認知症の年寄りはできるだけ笑わせることが大切。千里が笑うと初音さんの頬も緩む。笑いは年寄りにも感染するのである。

明日はこの裏口の戸を開けて外へ行こうと初音さんは思った。戸の向こうには天津の街が初音さんの訪れを待っている。

楽しみね、初音さん。

千里はスイスイと初音さんの車椅子を押して歩き出した。

明日になれば今日と同じ日がまた回ってくる。

そして明日も裏の戸も、やっぱり工事中ということになるのである……。


第一と第三日曜日は地元の幾つかのコーラスグループが交代でやって来る。第四日曜日は「隠し芸」などの定例ボランティアもまわって来た。毎週土曜日はピアノ演奏だ。『ひかりの里』の訪問者は人間だけでなく、たまに動物愛護の会の犬たちも来る。年寄りが抱けるような小型犬が多いが、躾の出来た大きなラブラドールもいる。

大型犬の優しさは人に近いのでことに愛される。ボランティアの若い男女に連れられてラブラドールやゴールデンレトリバーが何頭も、シャカ、シャカと軽い爪音を立てて廊下をまわり、年寄りの個室を訪ねて行く。今日は大型犬二頭と小型犬のシーズーが三頭来ていて、臆病な女性の年寄りたちにはシーズーが好まれる。男性の年寄りはラブラドールが好きだ。

リビングに年寄りたちを連れてきて、五頭の犬がゆっくりとその間をまわる。躾を受けている犬たちは温和しく座っているので、めったに口を開かない年寄りも「こら」とか「よしよし」などと声をかけた。枯れ枝のような手を伸ばして大きな犬の頭を撫でたり耳を触ったりする。

先月入所した九十歳の野川虎夫さんは、このボランティア犬を昔に死んだ自分の家の犬と混同している。ラブラドールが来る度に大きな声を出して、毎度、同じ行動を繰り返す。

犬の顔をしげしげと眺めて、

「おう、何じゃ！　おおおまえ、ア、アジア号じゃないか。おまえ、いいい生きて帰って来たか。どこまで行ってききききたんじゃ。ほ、ほ、北支か、ここここ黒龍江か。かかか母ちゃんにしししし知らせてややややる。ああ、その前にめめめ飯ば食わせてやるど！」

そして犬の前足に手を伸ばすと、

「ここ、こんなに痩せて、ガガガガガリガリになってしもうて。ゆゆゆ許してくれぇ」

戦地へ行ったのは人間だけでなく、軍馬も軍犬も送られた。それどころか虎夫さん方の近所の犬はみな満州へ出征した兵隊の防寒用に毛皮となった。虎夫さんの家の犬は血統書付きのジャーマンシェパードだったため、軍犬として取られたのだ。

ボランティア犬のラブラドールはとっくに虎夫さんが普通でないことを了解して、鷹揚に尻尾を振り、虎夫さんの言うことを聞いている。

ここの年寄りたちは時を駈け抜ける。それも前へ走らなくて過去へ行くのである。それで過去の過ち、失敗、愚行の中をおろおろと彷徨い続けている。虎夫さんは前の大戦では肉親は亡くさずにすんだが、帰らない愛犬を探している。

認知症の中で唯一、早期の治療で治るものに、正常圧水頭症がある。虎夫さんはそれだった。髄液が過剰に脳へ溢れて脳室に溜まる。それで早いうちに腰に針を刺して髄液を抜くと別人のように治るのだが、認知症の初期症状を見過ごしてしまった。

五年前にアルツハイマーになった妻の面倒をみていたため、自分のことに気がつかないうち症状が進んだのである。娘夫婦が異変に気付いたときはもう遅く、手術したが脳は回復しなかった。

虎夫さんはボランティアの若者がリードを引く犬と、一緒に連れ立って廊下をぐるりと歩いてまわる。幸福な散歩だ。

「また一緒に暮らそうな、アジア」

犬が虎夫さんに応えるように、ワン、ワン！　と吠える。

やがて一階の廊下を一巡し、また元の部屋の前に戻ってくると、立ち止まった虎夫さんはわれにかえる。そして自分の横に付き従っている犬にハッと気が付くのだ。そして目玉が飛び出るほど仰天する。

「おう、な何じゃ、おおまえはア、ア、アジア号じゃないか！　いい生きて帰って来たか」

犬のリードを引いた青年がクスクス笑っている。

「どどこまで行ってききたんか。ほ、ほ、北支か、こここ黒龍江か。弾には当たらんやったか！　か、母ちゃんに知らせにゃならん。ああ、ア、アジアが帰って来た。めめ飯ばくく食わせにゃあ」

躾の入った犬は健やかで賢く、壊れた年寄りたちはてんでんばらばらでまとまりがなく、自分の心もばらけている。

「こここんなに痩せてガガガリガリになってしもうたあ。オオオ、ア、ア、ア、アジア号やないか。しししし死なんで帰って来たか。どどこここまで行ってききたんか。ほ、ほ、北支か、こここ黒龍江か。あああ、めめめ飯ば、飯ば食わせてややややるぞ」

犬は尻尾を振り立て、ワンッ！　と腹から太い声を出して応える。

初音さんは今日もそろりそろりと歩いて、裏口の戸の前にやって来た。

初音さんの耳にはリビングの犬の鳴き声は入らない。リビングの賑やかな人声も流れ過ぎて行く。

裏戸の前で立ち止まると、今日も工事中の貼り紙がしてあった。

「外は道路工事ですよ」

と後ろから満州美が声を掛けた。初音さんは戸の前を通り過ぎて黙って歩いて行く。コツ、コツ、と満州美の杖の音がついて来る。

この女は誰だろう。初音さんは振り返らずに背後の女を不快に思う。いつも眉間に皺を立てた暗い顔のこの女。独りぽっちの感じがする。

ああ。この女はあたしの子どもを盗ろうとしてるんじゃないかしら。この国には子盗《ことと》りが多い。子どもを掠って売り飛ばすのだ。彼女はあたしの娘を狙っている。

西洋菩提樹の鬱蒼と枝を張った並木道。

そこを初音さんは歩いて行く。いつの間にか初音さんは胸に赤ん坊を抱いている。生まれて間もない女の子だ。

天津の道路は見渡す限り広くて気が遠くなる。

真夏の太陽が容赦なく、初音さんと赤ん坊を焼き付ける。運転手の李の車はどうしてこないのか。赤ん坊はもう脱水症状を起こしかけている。おろおろと見る。

李よ。李よ。早く来て。

顔を上げると、並木の彼方から車の影が真っ直ぐやって来る。

黒い車体は美しく光っている。

初音さんは片手を振った。何て綺麗な車なんだろう。

美しい車には美しい人が乗っている。美しい人はその心も美しいに違いない。あたしたち親子を助けてくれるだろう。

車は滑るように初音さんの前にきっちり止まった。運転席の重いドアは重力がないようにふわっと開いた。ハンドルを握った白い顔の女性がこっちを向いた。レースの袖から細い蠟細工のような手の指が出て、後ろの座席を指し示した。

お乗りなさい。

相手は中国語で言った気がする。小鳥のような声だった。

ありがとう。初音さんは礼を言うと、後ろのドアを開けて乗り込んだ。香水と微かなガソリンの匂いが淡く漂っていた。

白い顔の女性は振り返ると、異様に大きな鳥の目のような眸を向けて言った。

「マイネーム　イズ　エリザベス」

ええ、わかってるわ。あなたは、エリザベスね。

初音さんはうなずいた。

あなたはエリザベス。世界に溢れる大勢のエリザベスの中の一人。生涯独身で、十六世紀に大英帝国の礎を築いた世にも強い女王と同じ名で、自由に生きた多くのエリザベスの中の一人。そうして、よりによって阿片などに手を染めた愚かで可哀想な、独りぼっちのエリザベス。

すると彼女の真っ黒い鳥のような眼が動いて、あなたの名は、と訊いたようだ。

初音さんは答えた。

「マイネーム　イズ　サラ。サラよ」

言いながら初音さんは一瞬、眩ゆい光を浴びた気がした。そうよ、わたしはサラという名前だった。たしかにそう呼ばれていたわ。

婉容はうなずくと、初音さんの胸に抱かれた赤ん坊を見おろした。

「この子は……」

初音さんは、マ、ス、ミと赤ん坊の名前を口にしかけて詰まった。

女の赤ん坊にふさわしいニックネームを口の中で探す。

「この子は」

アンナ……。クレア……。エミリー……。

ああ。何て呼ぼうかしら、あたしの赤ん坊。頭の中に女の子の可愛い名前がくるくる回る。

初音さんは焦る。何にしようかしら……。

ああ、待って。

あたりが白くなる。

霧が立ち込めるように婉容の顔も車も赤ん坊もかすんでいく。

すべてが消えていった後。

初音さんは一人『ひかりの里』の廊下を歩いている。後ろからコツ、コツと床を嚙むような、満州美の杖の音が付いて来る。

7

地元の市民コーラスグループが『ひかりの里』にやって来た。リビングのテーブルや椅子が片寄せられて、七人の中高年編成のメンバーが並んだ。

「今日はお年寄りに懐かしい、朝鮮半島の民謡『アリラン』の歌などをお聴かせします」

女性リーダーの圓城美津子《えんじょうみつこ》が挨拶すると、

「あのう、韓国の民謡がどうして日本のお年寄りに懐かしいんですか」

と播磨介護士がのっけから聞いた。満州美はそれとなく室内を眺めた。集められた老人たちはいつものように焦点のない眼を開けて茫然自失、ぼんやりした顔である。隅に立っている若い介護士たちの方が聴衆に見える。

『アリラン』の歌など知らないのだ。圓城リーダーは少し慌てた。

「えー、お若い方はご存じないかもしれませんが、じつは昔の日本は朝鮮を植民地支配していたのです。それで朝鮮は外国ではなかった。日本人が大勢住んでいたんです」

へえー、と介護士たちがうなずいている。

「それで日本人も朝鮮へ出かけて行き、朝鮮人も日本へ沢山働きに来ていました。北部九州は日本有数の炭鉱や東洋一と言われた製鉄所があったので、そこで働く朝鮮の人たちが多くいて、その集落もできていたんですよ」

アリラン民謡はもともと古くから朝鮮半島の労働歌だったのだと、彼女は説明する。朝鮮の機織り女工たちが歌い始めたという話もあるという。

「朝鮮の人たちの祭りが開かれると、広場や空き地に百人以上も人々が集まって、アリラン、アリランって大合唱が始まったものです。それで当時の日本人の耳にも『アリラン』の歌は戦前の一つの風景として残っているのです」

その話の合間に介護士たちのひそひそ声がする。

「ねえ、韓国が外国じゃなかったなんて、信じられる？」

聞きつけた圓城が急いで白衣の彼女たちに言う。

「昔の朝鮮が植民地だったってことです。現在の韓国のことではありませんよ」

面会の家族たちは笑っている。

満州美は苦笑いした。そうなんだ、と気が付く。敗戦以前の時代と、戦後と、そしてここにいる白衣の若者たちが育った今という時代がある。こうして年寄りに付き添っているとそのことを忘れそうになる。

年の瀬が近づくと、定例で毎月来る日舞や隠し芸などのボランティアが用事で休みになったりする。それに代わって先週初めて『みみそらコーラス』が訪問してくれたのだ。そのときはリーダーの圓城はピアノの伴奏をしたが、今日は見慣れない古い小太鼓のようなものを持ち、そばには太い竹の縦笛を握った男性もいる。

初日の昼下がりのリビングには杖を突いたり、車椅子に乗せられた老人たちが集められていた。年寄りの担当の介護士や、面会の家族も加わって室内は立ち見もできた。

前回は旧満州の古い歌が五、六曲披露された。それで今日は朝鮮の番が来たというわけだ。若い職員たちは満州などという地名も知らない。戦争で日本が敗れるまで、この国の領土が海を越えていたことを、今の狭い日本に慣れた若者がどうやって信じられるだろう。海の向こうはパスポートを携行して行く外国なのである。

居並んだ老人たちはその日も変わらぬ忘我の表情だった。われも知らず、他も知らない。昨日も今日も明日も知らない。

車椅子に乗せられて大橋看護師に連れてこられた初音さんも、今から何が始まるのかわかっていない。うつらうつらと微睡《まどろ》みかけている。

最初に出た歌は『満州娘』だった。

テンポの速いピアノ前奏が始まると、やがて頭の天辺に響くような甘ったるい歌声が流れ出した。

私十六　満州娘
春よ三月　雪解けに
迎春花《インチュンホワ》が咲いたなら
お嫁に行きます　隣村
王《ワン》さん　待ってて　頂戴ネ

ああ満州……、と思わず満州美の胸は震えた。幼い頃にラジオで聞き慣れた前奏が流れると、リビングは在りし日の満州の曠野に落ちる赤い夕日や、黒々とした広大な畑や、そこを馬耕する満蒙開拓団の姿が浮かび上がった。

音楽の喚起力は何と強いものか。天津租界で生まれた満州美には一度も行ったことのない土地だが、それでも新聞に載った写真や映画などでいつの間にか満州の幻影は子供心に染み込んでいる。

あの当時、満州は内地の日本人にとって、まだ見ぬ不思議な故郷のようだったのではないか。故郷というものは自分が生まれた土地のことで、満州は自分が生まれてもいない土地であるのに、なぜか惻々と郷愁を掻き立てる。

あの当時、狭い国土であくせく暮らした日本人が、初めて手にした雄大なもう一つの日本だった。そんな晴れ晴れしい満州の二文字を自分の名前に付けられた日本人はもうすぐいなくなる。その最後の方の人間に満州美は入っているわけだ。

雪よ氷よ　冷たい風は
北のロシアで　吹けば良い

歌が三番に差し掛かったとき、一人の老婆がテーブルの椅子からぬうっと腰を上げて立った。初音さんと同じ九十歳代の山岸《やまぎし》ツヤさんで、認知症も進んでいる。満州美もこの人の口から言葉らしいものをまだ聞いたことがない。
そのツヤさんがいきなり、痰の絡まる苦しげな声でコーラスに付いて歌い出した。

晴衣《はれぎ》も母と　縫うて待つ
満州の春よ　飛んで来い
王さん　待ってて　頂戴ネ

よく聴くと歌詞に間違いはなく、音程は突拍子もなく外れているが、それでも紛れもない

『満州娘』の三番だ。

「ツヤさん、上手いですよ！」

播磨介護士が声を掛けると、居合わせたスタッフ全員から大拍手が湧いた。

やがて『満州娘』の歌が終わる。

ツヤさんも役目を果たしたように息をついて腰を下ろしたのが、人々の笑いを誘った。

リーダーの圓城が次の演目について話し出す。

「次は『戦友』を歌います。これは明治三十八年、日露戦争当時に出来た歌ですが」

「凄い、日露戦争ですか！」

と、また播磨介護士が声を上げた。

「それって太平洋戦争のずっと前でしょう」

「ええ。古い軍歌ですが今聴いてみると、これは心に染み入る鎮魂歌にも、また反戦歌にも思えるのです。だからこそ明治、大正、昭和と歌い継がれてきたわけでありましょう。お年寄りの皆さん方の記憶にも、深く残っているかと思い選びました」

播磨介護士は満州美のすぐ後ろにいる。

「あなた、この歌知ってます？」

そっと満州美が訊くと、

「いいえ」

と答えが返る。

「あの、日露戦争ってロシアと戦ったんですかね」

「ええそう」

「それでどこで戦ったんですか」

「朝鮮半島と満州の南部ね」

「えっ、ロシアに行って戦ったんじゃないんですか。何でそんな所でやったんです」

「日本もロシアもそこを領土にしたかったからよ」

「げっ！」

歌が始まって播磨は口をつぐんだ。

ここは御国を何百里　離れて遠き満州の
赤い夕日に照らされて　友は野末の石の下

「何で御国っていうんです」

播磨青年がつぶやく。

「尊い国だから」

満州美が答える。

「何が尊いんすか？」

「……」

簡単に訊いてくれるな。満州美は黙る。

この国の現代史は大きな溝を無茶苦茶に跳び越えて来た。跳び越えきれずにその溝の縁に手を掛けてぶら下がっているのが、初音さんやツヤさんや牛枝さん、宇美乙女さんたちなのよ。

「昔の日本は尊かったのよ。国中がみんな、そんなふうに信じていたの」

「何で信じたんです」

「あなた方、静かになさいませ」

と眠っていたはずの初音さんが灰色の目玉で睨んでいた。歌を邪魔されて怒っている。満州美も播磨もうつむく。

そのときまたもや山岸ツヤさんが立ち上がった。場内にクスクス笑う声が広がる。ツヤさんはまたしても塞がった喉を押し破るように、精魂込めて歌い始めた。

思えば悲し昨日《きのう》まで　真先かけて突進し
敵を散々懲らしたる　勇士はここに眠れるか

歌の調子がまったく外れているので、ツヤさんの独壇場の観である。圓城は変わらずピアノを弾き続け、『みみそら』のコーラスはツヤさんと別立てで乱れなく続く。それにしても『戦友』は淡々と長い歌なのだった。

ああ戦の最中に　隣に居った此の友の
俄かにはたと倒れしを　我はおもわず駈け寄って

軍律きびしい中なれど　これが見捨てて置かりょうか
「しっかりせよ」と抱き起し　仮繃帯も弾丸《たま》の中

スタッフたちも面会の家族もしみじみと、ツヤさんの脳に永く閉じ込められていた歌を聴き入った。さっきの『満州娘』とはがらりと打って変わり、ツヤさんは今度は両手で握り拳を作り、直立不動、往時の兵隊さながらの顔で宙をにらみ、まるで男に入れ替わっている。

折から起る突貫に　友はようよう顔あげて
「お国の為だかまわずに　後《おく》れてくれな」と目に涙

そのとき最前列の車椅子に座った老人が、曲がった背中を突き出すようにして歌に加わった。といっても認知症度が高いので他人に合わせることはできない。彼も自分勝手に腹の底から絞り出すように歌い始めた。

あとに心は残れども　残しちゃならぬ此の体
「それじゃ行くよ」と別れたが　永《なが》の別れとなったのか

「これって、輪唱っていうんでしょうかねえ」

播磨介護士が後ろでつぶやいている。

合唱でないのは確かだった。

歌はえんえんと十四番まで続くのだが、ツヤさんは七番まで、車椅子の老人は何と最後まで歌い終えて、拍手の中で幕となった。『戦友』の最後は、友の骨を戦地に残して一人帰国した男が、友の最期を親に手紙で書き送るところで終わるのだった。

歌が止んだリビングの中で播磨が伸びをした。満州美が見ると、遠い昔から帰って来たような顔だった。播磨の同僚の介護士たちも、何だか知らない満州の曠野の戦跡を彷徨っていたような眼をまたたいている。

それが先週の午前中のことだった。

その日からずっと、『ひかりの里』のリビングに、『みみそらコーラス』が醸した余波が木霊していた。

満州美がリビングの前を通り掛かると、山岸ツヤさんやあのときの車椅子の老人を中心に、不揃いのおかしな合唱が生まれている。我もなく他もない、歌いながらも茫然自失の顔が並んで、ばらばらに一つの『戦友』を歌っている。

満州美は足を止めてしばらく眺めた。

大橋看護師は『みみそらコーラス』に電話をしたという。

「今度はまたぜひ別の歌をお願いします」

圓城は大正・昭和歌唱集をいろいろ繰ってみて、まず決まったのが朝鮮の古い民謡『アリラン』だ。

「アリランには地方によって何十種類もありますが、昔、この辺りで広く歌われたものを選んできました」

と圓城が挨拶する。

リビングは今朝も人で一杯だった。

先週のツヤさんの飛び入りの話を聞いたのか、面会の家族が増えていた。奉天から引き揚げて来たという鹿子木満州枝が、母親を車椅子に乗せて現れた。

「今日は満州の歌はないのかしら」

と言う。母親のイネ子さんは相変わらず首を枯れ木のようにねじ曲げたまま薄茶の目玉で天井を睨んでいる。この、とっくに魂が抜けてしまったような虚ろな眼や虚ろな脳味噌に、どんな歌も効き目があるとは思えない。

「時間があったらもう一度『満州娘』聴きたいですね」

と満州美がうなずくと、

「静かになさいませ。お歌が始まるのでございますよ」

と、またこないだのように初音さんがたしなめる。やがてリビング一杯に哀調を帯びた『アリラン』の合唱が流れ出した。ピアノ伴奏はなく、男性の吹く太い縦笛が嫋々と響き渡る。

朝鮮半島の楽の音は中国の歌のように高く舞い上がることはない。中国が天にも昇る雲雀のようなら、朝鮮は切々と恨《ハン》の哀しみを翼に乗せ低空飛行する鳥のように、人の胸に染み入ってくるのである。

アリラン　アリラン　アラリヨ
アリラン峠を越えて行く
私を捨てて行かれる方は

十里も行けずに足が痛む

縦笛の低く切り裂く旋律の間に、圓城美津子の打つ小太鼓が鳴る。歌の力の強いこと、リビングはいつの間にか朝鮮半島のアリラン峠へと一転する。

曲に合わせて老人たちの首がヒクヒクと小さく動き始める。先週の続きなので今日の歌への反応は速そうだった。車椅子に座った初音さんのうなじが、すぐ調子を取るように揺れ出した。

アーリラン　アーリラン　アーラーリヨ
アーリラン　ゴーゲーロ　ノーモガンダー

自分が生まれた地でもない満州に、年寄りたちが強い郷愁を覚えるように、アリランの歌は激しく満州美も揺さぶった。鹿子木イネ子さんと満州枝もうなだれて聴き入っている。

ナールール　ボーリーゴ　ガーシヌン　ニームン
シプリード　モッカーソー　パルビョン　ナーンダ

いったいアリラン峠というのは本当にあるのだろうか。それは半島のどこにあるのだろう。聴いていると満州美の眼に浮かんでくるのは、戦後の復興期に街のあちこちの建設現場で働いていた人たちだ。朝鮮の人ばかりではなく、日本人もいた。誰も彼も襤褸を着て貧しかった。

そうか。『アリラン』の歌は時代の記憶なのだ、と満州美は思う。『満州娘』もそうである。人が思い出す故郷は過ぎ去った時代なのだ。それだからこそ知らない景色にも懐かしさを覚えて胸が滾る。

『アリラン』がすむと、ツヤさんと車椅子の老人は変らぬ茫然自失の顔のまま蹌踉と引っ込んだ。

その頃からまた聴衆が増えてきた。

朝食後にうとうと眠っていた年寄りたちが眼を覚まし、歌に引き寄せられて集まって来たのだ。

「まあ、ここにおいででしたか」

土倉牛枝さんの娘が後ろから挨拶した。牛枝さんはこの頃はよく眠っているので、自分だけ聴きに来たという。

「母は毎日、弟分のような馬たちと、夢路で逢っているのでしょう」

牛枝さんの娘は少し切なそうな眼だ。牛枝さんが夢を見るのに飽きて起き出しても、もう戻りたい昔はない。年寄りは何を楽しみに生きていけばいいのだろう。もう齢をとった人間は今まで永くこの世で働いた恩典で、いつの時代のどこにでも、好きな所にいていいのだと思えてくる。

次の歌の支度ができた。

圓城美津子がピアノの前に立ち、『みみそら』のメンバーは楽譜を取り替えて並んだ。

「今度は趣向を変えて、フランスの古い軍歌『玉葱の歌』を紹介します。驚くなかれ、この歌はナポレオン率いる皇帝親衛隊の行進歌でした。日本語訳の歌詞が見つからないので、私どもで何とか作ってきました」

リビングがしんとなる。

圓城がすぐにっこりと微笑んで、

「でも音楽だけ聴くと、皆さんもきっとご存じの歌ですよ」

軽快なピアノの前奏が始まった。どうも聴き覚えのあるメロディだ。後ろで女性の介護士たちがクスリと笑った。

「あれよ。ほら」

「ああ、クラリネットの歌」

満州美も一度に思い出した。ぼくの大好きなクラリネット。パパからもらったクラリネット……。しかし、『玉葱の歌』のメロディはクラリネットの歌と少し違っている。そうか、まったく同じじゃないんだ。

油で揚げた玉葱がうまい
とってもうまいから好きなんだ
なんでもかんでも玉葱だ
進もう　戦友よ
玉葱食って　行け　行け　行け

「たまねぎがうまい。たまねぎうまい、うまい」

耳を澄ますと初音さんがたどたどしくつぶやいている。

「たまねぎ、うまい。たまねぎ、好き」

すぐ、ざわざわと年寄りたちの口から、たまねぎの合唱が流れ出してきた。介護士たちが手を打って拍子を取る。ぼくの大好きなクラリネット。パパからもらったクラリネット。とっても大事にしてたのに。

油で揚げた玉葱食って
玉葱いっぱい　いっぱい食って

獅子奮迅の戦いだ
だけどオーストリア人にやる玉葱はない
犬どもにやる玉葱なんか一つもない

「クラリネットと玉葱と、どっちの歌が先かな」

と播磨介護士。

「そりゃ玉葱でしょう。ナポレオン戦争だもん」

「うん？　ナポレオンっていつの時代だ」

仲間たちで言い合っている。

ナポレオン戦争は十九世紀初頭だったろうか。

突然、椅子をガタガタと鳴らして一人の老人が立ち上がった。みんなその音の方を見た。

痩せた背の高い骸骨みたいな老人が胸を張っている。

「おっ、教授の登場ですぞ！」

播磨介護士が口笛を吹いた。

現役時は地元の国立大学で教鞭を執っていた老人が、悠然と片手を腰に当て、年寄りの鶏が出すような嗄れ声で歌い始めた。しかしそれは何語だろうか。日本語でないのは確かだった。みんな、しんとなって聴いた。

ジェメ　ロニョン　フリ　ア　リュイール！
ジェメ　ロニョン　カン　イレ　ボン！
ジェメ　ロニョン　フリ　ア　リュイール！
ジェメ　ロニョン　ジェメ　ロニョン！

たぶん教授の歌うのはフランス語版の『玉葱の歌』なんだろう。ナポレオンの親衛隊ならフランス語に違いない。みんなの手拍子がいっそう高くなる。白髪の薄い毛が彼の頭頂部に儚げに生えて、歌う度に揺れる。老いたナポレオン・ボナパルトを彷彿させなくもない。
満州美は独り言をつぶやいて行く教授と、ホームの廊下ですれ違ったことがある。そのとき彼の口から洩れていたのは、人語を成さない音声だった。けれど今、リビングに響く老人の声は音程こそ合わないが、朗々としてフランス語なら通じそうな感じがする。

オ　パ　カマラード　パ　カマラード！
パ　オ　パ　オ　パ
オー　パ　カマラード　パ　カマラード！
パ　オ　パ　オ　パ

大きく差し伸ばした教授の手に、見えない玉葱が載っている。それをぐるぐるみんなに指し示しながら、嗄れ声をリビング中にビリビリ響かせて歌うので、だんだんと教授の手の玉葱が歌の力で、みんなの眼にもぼんやりと見えてくるのだった。

「ロニョン、好き、好き」

と初音さんがうっとりするようにつぶやいた。

「ロニョン、ロニョン！」

山岸ツヤさんも歌った。忘れていたものを思い出したような顔である。ツヤさんは玉葱を思い出したみたいだった。

「油で揚げた玉葱！」

車椅子の老人が首を振り立てて怒鳴る。

教授は歌い終わった。

みんなを眺めると至極満足そうに挨拶した。

「諸君。油で揚げた玉葱はアリランだ」

と教授が言った。

「アリラン、アリラン」

と誰かが言った。

「足が痛い、足が痛い！」

車椅子の老人が言った。歌っているのか、しゃべっているのか、泣いているのかわからない。リビングはひどくざわついた。騒ぎの中で『みみそらコーラス』も歌を終えて、にっこりと客席に頭を下げた。

圓城美津子はほっと息をついていた。歌の成果はあったのだ。その一つは忘れていた歌を思い出したこと。

その二つは床にこぼした豆のように、てんでんばらばら、散らばった年寄りたちが束の間だけ寄り集まったこと。

つまりこの『ひかりの里』に歌の友達ができたということである。素晴らしい。満州美は手を叩いた。


その晩からチラチラと雪が降り出した。そして数日後には少しだけ灰をかぶったような、うっすらした雪景色のクリスマス・イヴを迎えた。

『ひかりの里』はリビングにクリスマスツリーの飾り付けをした。小さな施設であったからとくに贅沢なことは出来ないが、ある入所者の息子が植木屋で、モミの木の売れ残りの小さいのを二本運んで来た。それにガラス玉をつけ色紙のテープを渡して飾り付けた。

おかげでクリスマスは例年になく賑やかになり、面会の家族も年寄りと賑やかなイヴの宵を迎えた。

日が暮れて『みみそらコーラス』が特別に歌いに来た。大橋看護師が外出から帰った所長を事務室から引っ張り出してきた。リビングには館内の椅子という椅子が集められた。聴衆は鈴生りだった。


夕方、満州美は店を閉めた千里と出直して来た。

クリスマス・イヴだろうと『みみそらコーラス』の演し物は、やはり『満州娘』や『戦友』や『アリラン』だった。この夜もまたツヤさんや例の飛び入りメンバーが歌い出した。『戦友』の歌が終わると、圓城がマイクを手にツヤさんのそばへ歩み寄った。コーラスに遅れじと一生懸命にツヤさんも歌ったので、額に汗が滲んでいた。

「ありがとうございました」

と圓城が礼をのべた。そして尋ねた。

「あなたの名前を教えてください」

ツヤさんは、つと黙った。場内の人々は固唾を呑んで見守っていた。ツヤさんはもぞもぞと困ったように尻の片側を掻いて、何か見えない糸を奥の方から引っ張り出すように、

「ヤマ…ギシ…ツヤ」

と言った。

「百点、百点」

と播磨介護士が励ました。場内は拍手の音で溢れた。

『玉葱の歌』が始まると、待ち構えたように教授がよろよろと歩み出た。日本語とフランス語の『玉葱の歌』の二部合唱だった。

歌が終ると圓城がマイクを持って聞いた。

「ありがとうございました。教授のお名前をどうぞ」

彼は羽根を失った冬の蠅のように静かに明かりの下に立っていた。それから消え入りそうに言った。

「イトウ、マスオ……」

と教授は言いかけて、几帳面に自分のわなわなと震える左の掌に、わなわなと震える右手の指で文字を書く仕草をする。圓城が眺めて首をかしげた。

「マスオは、漢字で満州の男と書くんですね。すると教授は満州のお生まれですか？」

満州の建国は昭和七年で、それからみると教授は齢を取り過ぎている。すると教授は違う、違うとばかりに首を横へ振り、自分の席の来訪者らしい男性を指差した。すぐ指された男性が立ち上がって頭を掻いた。

「すみません。満州男はぼくです。ぼくの父は伊藤高志といいます」

彼は満州美と同年配のようだった。父親は自分の名前は出なくても、息子の名は記憶に残っているのである。リビングはひとしきり笑い声がやまない。教授は自分の名前を思い出せないまま席に戻って行った。

イヴの夜に新しい歌も出た。

『支那の夜』と『チンライ節』である。どちらも日支事変の頃、つまり昭和十三年に出来た歌だった。

「支那って中国ですよね」

とまた播磨介護士が言う。

「支那は朝鮮よ」

「いいえ、満州」

若い職員が言い合って笑う。もう何でもいいような賑やかさだ。『支那の夜』はメンバーで一番若い女性がまさに鈴を振るような声で独唱し、みな聴き惚れてしまった。

最後に抱腹絶倒の『チンライ節』が出た。満州美はその歌を知らなかった。道化のような歌である。同じ頃の『支那の夜』などは知っているから、この『チンライ節』は天津で歌われなかったのだろうか。

手品やるアル　皆来るヨロシ
うまくゆこなら可愛がっておくれ

娘なかなかきれいきれいアルヨ
チンライ　チンライ
チンライ　チンライ　チンライライ

カタコトの中国人の言葉が、身振り手振りで可笑しさを増幅させる。リビングの爆笑の渦の中で、そのとき、つと車椅子の初音さんが曲がった背中を伸ばした。『チンライ節』は二番の歌詞に移っていた。初音さんはコーラスに少し遅れて幼子のような声で歌い出した。

「歌ってる！」

と誰かがささやき、『みみそら』の合唱が声を低める。みんな初音さんの方を見た。眼を外すとたどたどしい初音さんの歌は幼い女児の声のように聞こえた。一節ずつ息をつきながら、震える声で歌い続ける。

刀なんぞは　不要不要《ぷよぷよ》アルヨ
喧嘩良くない麦蒔くヨロシ
チャイナなかなか広い広いアルヨ
チンライ　チンライ
チンライ　チンライ　チンライライ

歌が終わった。

大橋看護師がこちらへ歩み寄ってきた。いつもは温和しい初音さんの飛び入りの参加がよほど嬉しかったのか、

「ああ。素晴らしかったですよ」

と手を差し伸べた。そして初音さんの耳に柔らかに口を近づけて、

「それで、あなたのお名前は？」

聞かれて初音さんの肩が少し傾いた。首がかしいで、考え込んでいるようだ。リビングが静まった。初音さんも名前が出てこない。もどかしい、もどかしい。

ついに待ちかねて助太刀の声が出た。

あ、ま、の、は、つ、ね……。

と低い声で介護士たちが初音さんにささやいた。初音さんはふとその声に耳を傾けるようにして、それから眉をしかめ、いいえ、というふうに、かぶりを振った。そして掠れた声で名乗った。

「あたくしは……エリザベス」

満州美は虚を衝かれて、初音さんを見た。

小さく蒼白い年寄りの顔は、もう誰のものともわからないほどただ皺に埋もれていた。

8

『みみそらコーラス』の歌の慰問は終わったが、年寄りたちの耳にはまだ消えずに残っていた。

翌々日の昼、満州美が『ひかりの里』へ行くと、リビングを通り掛かって驚いた。アーリラン、アーリラン、アーラーリヨ……と調子外れの歌が聞こえたからである。それも一人ではなくて、合唱だった。信じられるだろうか。

見渡せば三人の老婆が思い思いのテーブルについていて、今し方、昼食をそこで摂ったばかりの涎掛けの格好で、独り勝手に歌っている。ピアノ伴奏はなしで、先に歌い出したのは誰かわからないが、後の二人もその気になって順々に加わったのかもしれない。それでもてんでんばらばらの声が自然に合わさって、何とかアリラン、アリラン、のメロディになっている。

ただ朝鮮語の歌詞の、アーラーリヨ、の後が三人とも思い出せずに詰まってしまう。

するとー人がハッと気が付いたように、今度は日本語で、あーしがいたいー、と続けると、残る二人も、そうだ、そうだとばかり、あーしがいたいー、あーしがいたいー、と繰り返す。

どうやら神経痛持ちの年寄りの脳裏には、アリランの歌詞の中で、足が痛む、のフレーズはとくに印象に残っているらしい。食器を下げにきたリビング担当の若い田仲介護士が笑って、

「ふふ。もうあれからずっと、みなさん、足が痛いんですよ」

「痛いのは女を捨てて行った男の足なのにねえ」

「そうですよ。恨みの歌なのに」

「でも実感なんだろうな。神経痛って」

と満州美がうなずくと、田仲介護士は食器を集める手を止める。

「今日は朝っぱらから、教授がここにやってこられたんですよ。何しにいらしたと思いますか」

彼女の笑いをこらえた顔に答えが読める。

「『玉葱の歌』を歌いにきたんでしょう」

「当たり。教授はめったにここへはこないのに、いきなり現れて、諸君、お早う！　ってご機嫌で手を上げたんです。それからピアノの前に行って、『玉葱の歌』の曲を弾き出して、

凄い声で歌い出したんです。大きな声で」

その姿を想像して満州美も笑い出した。『玉葱の歌』なんてあのとき初めて聴いた歌だった。

油で揚げた玉葱がうまい、なんて変わっている。進もう、戦友よ。玉葱食って、行け、行け、行け、など初めて聴く行進曲だ。教授は今朝もそれを歌いたくて、わざわざパジャマを服に着替えてリビングまでやってきた。そしてまた、オ、パ、カマラード、パオ、パオ、パ、と腕を振り上げて歌ったらしい。

満州美は歌の持つ即効力に感心する。

七十年も、八十年も昔の時間が、一つの歌のひと節で後返ってしまう。オリーブ油などで揚げた玉葱のむんむんする匂いと、獅子奮迅のナポレオン軍の進撃が、霧が立ちこめた教授の脳髄に揺さぶりをかける。そして涎掛けの老婆たちの若かりし日と、足の神経痛を呼び覚ます。

満州美はふとかすかな期待を抱いて、

「うちの母は変わりないかしら」

すると田仲介護士はサラサラした断髪を傾けて、

「さあ。さっき覗いたらお食事すんで、また横になっておられるようでした。おとといの『チンライ節』を歌った人と、まるで別人みたいに静かでした」

老婆の『アリラン』はまだ歌い終わらない。これでお仕舞いということが理解できないので、あーしがいたいー、あーしがいたいー、が延々と続いて、事情を知らない面会人が不思議そうな顔で通り過ぎて行く。

満州美が部屋に行くと、初音さんの食事はすんで、播磨介護士が昼の薬を服ませてトレイを下げようとしている。

「いつもお世話になります」

満州美が挨拶すると、播磨が思い出し笑いをして、

「初音さん、ここんとこ食欲、進んでますよ。おとといはとにかく熱唱でしたからねえ」

二人で初音さんの顔を窺うが、誰のことかというように年寄りの眼はぼんやりしている。この人の頭の中を覗いたらどんな様々な光景が映っているのか。

あのとき大橋看護師が、リビングのみんなの前で初音さんに名前を尋ねても、初音さんはやっぱり焦点の合わない虚ろな眼をして、

「……エリザベス」

と答えたのだ。みんなぽかんとしたのである。

エリザベスだと。

認知症の年寄りの口から、突然、外国の女性の名前が出たのだから誰だって驚く。あの晩

は玉葱教授も自分の名前が出てこなくて、つい自分の息子の名前を口にした。

ところが初音さんは自分の名前の代わりに、エリザベス、ときたのである。カッコいい！と若い介護士たちが笑ったが、満州美にはただもうわけがわからなかった。

それでなくとも頭の中に靄か霞が立ち込めているような母親の、よけいに中味が知れなくなった。

そのまま謎を持ち越して満州美は『ひかりの里』にやってきた。妹の千里は年の暮れで商店街の店が忙しい。師走は盆より客が増える。

「あたしもちょっと顔を見に行きたいんだけど」

と言って千里が頼んだ初音さんの新しい肌着を、満州美はデパートの紙袋に入れて持ってきた。千里もやっぱり、エリザベスが気になるのだ。

播磨介護士もどうにも気になる様子だった。

「エリザベスって何ですかねえ。初音さんは洋画のファンだったんですか」

そんなことを聞く。いいえ、と満州美は思わず笑った。初音さんは年を取ってから映画は観ない。エリザベス・テイラーやブリジット・バルドーのファンでもない。

「エリザベス・テイラーは、確かもう亡くなったんですよね。彼女は年取っても凄い美人だったんでしょう。そんな女優でもやっぱり寿命はあるんですねえ」

若い介護士は年寄りの前でも、アッケラカンとしゃべる。

「しかし不思議だなあ。初音さん、名前聞かれたとき、何でエリザベスなんて答えたんですかねえ。自分のこと、そのときエリザベスって思ったんですかねえ」

「誰かと勘違いしたのは確かよね」

満州美は、そのときハッとした。

「母は戦時中、中国の天津で暮らしていたのよ」

「中国にもエリザベスなんていう女性はいたんですか？」

「ええ、天津は義和団のとき欧米の戦勝国が実効支配した租界だったのね。それで天津には外国人が沢山住んでて、エリザベスっていう名前の女性もずいぶんいたはずよ」

ああ……。その中に中国人でエリザベスという愛称で呼ばれた美しい女性がいたのだった。満州美の眼の前に、初音さんの頭に立ち込めている靄が現われた。

初音さんはベッドに起きてお茶を飲んでいる。その横顔を見ると、初音さんの心がここにないことがわかる。姿のない小鳥のように初音さんはいつもどこかへ飛び回っている。満州美はあの晩、大橋看護師に名前を尋ねられて、ぽっかりと見開いていた初音さんの灰色の目玉を思い出す。見えないものを見るのは老人の病だろうか。それとも特別な能力とでもいうものだろうか。

満州美は脳梗塞の後遺症で、体の麻痺に少なからず拘束された日々を送っている。そこには手足が自由だった過去がふいに戻ってくることも、懐かしい人が時空を超えて会いに来ることもない。満州美の時間に魔法はかからない。

ただ無感動に進んでいく。

播磨介護士は腕時計を見ると部屋を出て行った。

食後、一時間ほど経つと近くの病院から週一回、医者が回診にやってくる。診察というほどではなく、血圧、脈、顔色などを診て、変わったことはないか大橋看護師に聞く。初音さんはとくに変わりなかった。

満州美がドアの外まで医者を送って出たとき、土倉牛枝さんの娘が向こうの廊下をやってくるところだった。どことなく心の晴れない表情だ。満州美が挨拶を送ると、牛枝さんの娘も気が付いて歩み寄ってきた。牛枝さんが今朝からとろとろと眠り続けて、なかなか眼を覚まさないのだという。

「さっき先生が診られて、脈が弱くなっているようだって仰るのです。とくに今すぐどうということはないようだけどって、何だかよくわからないのです」

高齢の年寄りは病気が問題ではない。生命力が問題なのだ。

病気で死ぬのではなくて、生きる力が尽きて死ぬ。

牛枝さんはとくに病気はないけれど、生活反応の薄い、いかにも生きる力の弱そうな人で、いつも半分眠りかけている。今夜は部屋に泊まっていこうかと思うと、牛枝さんの娘は言葉数少なく言うのだった。

部屋に戻るとまもなく、今日はこれないと言っていた千里がひょっこり現れた。

「ちょっといいこと思いついてね、後のこと店員さんに頼んで出てきたの」

千里は提げてきた紙袋から、いつか持って来た古いアルバムを取り出した。それには初音さんの天津時代の写真が入っている。なるほど、と満州美はうなずいた。ひとまず千里はアルバムを置いて、ポットでお湯を沸かし始めた。ベッドの初音さんを窺いながら、

「記憶を引き出すには嗅覚への刺激がいるのよ」

と、初音さんが天津で好きだったジャスミンティの支度をする。アブラ、カダブラー、初音よ思い出せ。千里は自分の思いつきにだいぶ機嫌が良い。

満州美は自分が倒れたとき、この気が利いて陽気な妹のおかげで立ち直ったのを忘れることはない。そうして姉というものも、妹というものも持たなかった、初音さんの孤独を感じるのだ。

ジャスミンティの香りが部屋に漂い出すと、千里は両手ではたはたと香りをベッドへ送り込んだ。それから木偶のような初音さんを布団の上に起こして、老眼鏡を掛けてやると支度はできた。

「はい、初音さん。これで写真、見えますか？」

古いアルバムを開いて初音さんの前に差し出した。二人は初音さんのベッドのそばに椅子を引き付けて腰を下ろす。開いたページには五人の洋装の女性が写っていた。天津の駐在員

の妻たちが花のように装っている。

「こないだやった順番通りにいこうね。まずはこの人たちから始めよう」

いつだったか初音さんはカタカナの名前を隠した彼女たちの写真を見て愛称を言い当てた。

「それじゃ初音さん。思い出してくださいね。まず、この女の人を知っていますか？」

千里は、あのときのように右端のフリルの付いたワンピースの女性を指さした。

じいっと初音さんの眼が動かない。

「この女の人の名前は何ですか？」

眼だけではない。口元も動かない。

あのときは初音さんはこの女性の名前を、エヴァ、とつぶやいたのだった。けれどあのとき初音さんの頭に閃いたものが今は閉じている。千里の眼にチラリと失望の影が差す。

「それじゃ隣の人にいきまーす」

次はレースの花飾りの帽子をかぶった断髪の女性に移る。おや、と満州美は息をついた。

何という名前だったか。初音さんより満州美の方が引っ掛って出てこない。

「この女の人は何という名前ですか」

千里が催促する。満州美も初音さんもうなだれた。

何だかお転婆娘みたいな名前だったのに、と満州美は思う。

「……」

初音さんも答えられない。

千里の顔はまた失望に沈んだ。

「この人はヴィヴィアンです」

千里が言い、満州美と初音さんはうなずいた。次の女性は髪を頬の横で切り揃えたひときわ若い女性だ。というより小娘のよう。あどけなくこちらを見て微笑んでいる。アゴが少し尖って、笑ってはいるけれど、若くして異国にきた心細さも覗いている感じ。

サラ。

満州美もこの女性の名前は言える。

「この人の名前はわかります？」

「……」

千里は上目遣いに初音さんを見ている。睨んでいる。

「思い出せませんか」

初音さんの口はもぞもぞと動いたが、はっきりした声は出ない。路傍で立ちすくんでいるような顔である。

「この人、サラ、じゃないですか」

千里がとうとう口に出した。

「ほら、サラさんでしょう？　忘れたの」

……よく見て。このサラさんて、あなたじゃない。初音さんでしょう？　と、今にも言いそうな気振《けぶ》りだ。

ほら、あなた自身じゃない？　どうしてこの若い日本人の女性が、エリザベスなんて名前になるの？　そんなわけないでしょう。ね。

千里は喉からこみあげてくる言葉を呑み込んでいる。

「次へ行きましょうね」

と満州美がうながした。

「次へ行きます」

と千里。その声が萎れている。初音さんの表情を窺うと、ぼうっと底の抜けたような眼を開けている。もう今日は駄目である。満州美は眼を瞑りたくなった。

「……」

「分かりませんか……。この人はアンジェラです」

千里がゆっくり言葉を流し込むように言ってやる。

よく覚えている、と満州美は嘆息した。最初の女性のエヴァとサラ以外、満州美の記憶からは写真の女性たちの愛称は跡形もなく消えている。千里はまだ若いからだと思う。妹はまだ若い。病気もしていない。あたしとは違う。

「じゃあ最後の人ですよ」

千里の指がいよいよ五人目を示した。

「では、この人は何ていうの」

初音さんは疲れたように息をして、膝の上の手を組み替えた。それからもういやだという風に、片手でアルバムを千里の方に押し返した。もう沢山。

「この人はキャシィーよ」

初音さんは完敗だ。

「ちょっと待って」

気を取り直して、千里はいよいよ、もう一冊のアルバムに手を伸ばした。

千里は頁を探し出すと、初音さんの注意を引くようにゆっくり大きく開いて見せた。満州美も身を乗り出した。そこにある写真は清朝最後の皇帝夫婦の姿である。

こうしてよく見ると溥儀は不気味な容貌をした人物だった。

清朝代々の皇帝の血を享けた高貴の生まれというのに、削げて荒んだ何か凶相のようなものを感じさせる。陽に背いて生きる暗さというか、禍々しいものが見える。

溥儀のそばに立つ女性は皇后というには稚なすぎた。

重く豪奢な髪飾りの下に、美貌の娘の細い顔がある。彼女があまりに痩せているので、大層な装身具や衣装は牛馬を繋ぎ止める頸木《くびき》のようである。

ただこの婉容の異様に大きな真っ黒い眸は、盲人の黒眼鏡を思わせる。この眼にはほかの何も映らない。ただ自分のやがて来る悲惨な末路だけが見えているような眼だ。どこか不穏な相貌を持つ点で、二人は似ている。

悪い星が二つ重なっていよいよ凶星となるように、二人は日本軍の工作した運命の満州国へ赴いて、一九四五年、太平洋戦争の終結のとき溥儀は満州から日本へ亡命する途中、ソ連軍に拘束され、アヘン中毒に冒された婉容は溥儀にも見捨てられた後、八路軍に逮捕され各地を転々とする中で横死する。

満州美が色褪せた写真の婉容を指差した。

「初音さん。この人の名前ご存じ？」

人のいない部屋のドアをノックするようだ。

誰かいますか。人間はいますか。

リビングでは昼寝から覚めた年寄りが、杖をつき、手を取られ、車椅子に乗せられて集まってきた。

この老人たちは体に大した支障がなく、認知機能だけ衰えている。土倉牛枝さんのように心身共に衰弱した老人は、部屋で眠っている。牛枝さんたちは寝ても起きても視界の利かない混沌とした昏い世界の住人だ。

リビングの方で誰が弾くのか、敵弾が飛び込んでくるようなピアノが鳴り出した。メロディにはとうていならず、滅茶苦茶だ。何だろう。

千里は初音さんを車椅子に移した。夏の林の草いきれを千里は思い出す。木立の下の地面にころころと転がっている蟬の抜け殻は美しい。薄いガラス細工みたいな殻の中には何もない。幼虫の過ごした時間の跡が静かに透けているだけだ。

人間の抜け殻は美しくない。

千里は気を取り直すと車椅子を押して、その抜け殻をリビングへ連れて行く。ほら、ここも抜け殻だらけ。

あっちにもこっちにもガサガサした抜け殻がやってきて、それでも何とか生きて動いて、みんな集まって楽しんでいる。それを口にも表情にも出せない人たちだが、……たぶん楽しんでいる。

リビングに入ると、ピアノの椅子に座っているのは教授だった。薄い残り毛を振り乱して鍵盤を打ち鳴らしている。その曲はこないだ『みみそらコーラス』が歌った『玉葱の歌』なんだろう。

教授は勝手にピアノを引っかきまわしながら、フランス語で歌っているらしい。オーストリア人にやる玉葱はない、犬どもにやる玉葱なんか一つもない。玉葱食って、行け、行け、行け。たぶん、そんなふうに歌っているのだろう。千里は手拍子を打ちたくなった。教授は一心不乱である。

別人のように張りのある声が出た。歌の力のおかげなのだろう。

初音さんがピアノの音に驚いている。

大橋看護師がやってきて、どうしたものかとピアノの嵐に立ち尽くした。寝ている年寄りもいるし、二階の認知症のないグループの年寄りたちはテレビを観たり、囲碁、将棋を楽しんでいる。けれど玉葱狂想曲は山岸ツヤさんの登場で中断された。

ツヤさんはてくてくとリビングの中央に歩み寄ると、

「八番。『満州娘』です」

とピアノの大音響に耳もかさず、挨拶して一礼する。

「ああ、ＮＨＫののど自慢ね」

満州美が笑った。年寄りはいろいろと思い出すものである。

リビングに拍手が起きて、玉葱教授はピアノを弾く手を止めた。それから起ち上がるとツヤさんに恭しく一礼し、意外な大人しさでテーブルの方へ引っ込んだ。

「やっぱり大正の男は紳士ですねえ」

田仲介護士がテーブルにお茶を配りながら言う。

ツヤさんが歌い出すと、千里がピアノの方へ行って『満州娘』に合わせて弾き始めた。ところどころ音程が乱れてもツヤさんは平気である。むしろ勝手に歌っている。千里も勝手に弾くのである。

私十六、満州娘、春よ三月雪解けに迎春花《インチュンホワ》が咲いたならお嫁に行きます隣村

……と歌うツヤさんの声も、前は痰にかすれていたのが、引き締まっている。これなら肺も強くなるだろう。

雪よ氷よ、冷たい風は北のロシアで吹けば良い

千里も合わせて歌う。いい歌である。中国の曠野に住む頬の赤い娘が嫁に行くのだ。純情という言葉があったなあ、と千里は思う。そんな頬の赤い娘たちが満州には沢山いたのだろう。

初音さん、ほら満州の歌よ。と、満州美が教えようとして車椅子を見ると、がっくりと首を落として初音さんは眠り込んでいる。ずいぶん深い所まで降りているような、魂のない寝顔だった。

そのとき、ガタッと椅子の音がして、一人の老人が硬直したような姿勢で立ち上がった。直立不動の姿勢といいたいが九十歳をだいぶ越えているようで、足元も覚束なくふらふらしている。何ごとかとみんなは老人を見た。

向こうに山岸ツヤさんが立っている。

彼女も認知症なので直立不動の老人など眼中にない。

王さん待ってて頂戴ネ、と歌っているツヤさんのそばに、老人はひょろひょろと歩いて行くと、

「ああああー。ゆ、ゆゆ、許してください！」

突然、彼女の足元にバタリと座り込んで土下座すると、額を床に擦り付けて詫び始めた。けれどツヤさんは構うことはなかった。また歌詞の一番に戻って、私十六、満州娘を繰り返した。

老人はツヤさんに見放されて激しく嗚咽する。

「ゆゆゆゆ、許してください。わわわわ、私が悪うございました。まままま満州関東軍歩兵連隊二等兵、ヤマダキチジ、こここ心からお詫びもももも申し上げます。どどどうぞ許してください！」

芋虫のように床に這いつくばった老人の背中が激しく揺れてしゃくり上げる。

「早く止めた方がいいわ。……危ない感じ」

介護士たちがささやいた。

「早く、早く止めて。心臓麻痺起こすかも」

千里もピアノを弾くのを止めて立ち上がった。

介護士たちが駈け寄って老人の背中を撫でさすり、起こしてやろうとする。だが老人はその手を思わぬ力で振り飛ばし、床に転がって身悶えして泣き続けた。

年寄りの体の中に詰まっていた七十年余の何事か、後悔の念、慚愧の思いが突然、破裂したようである。

「山田さん。もういい、もういいんですよ。許してもらいましたよ。大丈夫、大丈夫。許したって言ってますよ」

その許してほしい人間はどこにもなくて、ツヤさんはお嫁に行きます隣村、と抑揚のない奇妙な声で歌っていて、山田老人の体ががくがくと揺れ始める。片手を宙に差し伸ばして、いったい眼はその先の何を睨んでいるのか、

「ゆゆゆゆゆゆゆ」

ともう声にならない。

「攣《ひ》き付けるぞ」

と播磨介護士が叫ぶと腕時計を見た。

「三時二十五分、ジャスト」

続けて、毛布とタオル！　四、五枚持ってきて、と女性介護士に指示する。入れ替わりに大橋看護師が駈けてきて、そのまま床に寝かせて毛布でくるんで脈を診る。

攣き付けは安静が大事なので、素早くリビングの中央の照明が消された。師走の午後のリ

ビングは薄暗く、灯の消えた床の辺りだけ暗い穴のようだった。水底みたいな暗がりに、山田老人を包んだ毛布の塊が痙攣していた。

歌い終わってポカンと突っ立っている山岸ツヤさんを、千里が椅子に座らせる。玉葱教授は興味深く眺めていた。

「熱、なし。痙攣は片側だけじゃないので、ひとまずこのまま静かに休ませてみましょう」

大橋看護師が落ち着いた声で言う。ちょうど担架が運ばれてきたので、彼女は部屋の隅に下ろすように指示した。

明かりの落ちたリビングに、毛布の塊は大きな袋の影のようだ。その袋が突っ張ったり凹んだりして揺れ動く。袋が苦悶するのである。それが戦く心臓のようでもあり、のたうつ生きものの腸《はらわた》のようにも見える。

ゆゆゆゆゆゆ……と呻いて後は声にもならない。

「大丈夫ですよ、山田さん。もう許して貰いましたよ。大丈夫、大丈夫ですよ」

播磨介護士が腕時計の秒針を見ながら、宥めるように言い聞かせる。心なしか少しずつ痙攣が治まっていくようだ。

若い女性介護士たちが、リビングの隅に退いて不安げに様子を見守っている。その中にいる田仲介護士が顔をぐしゃぐしゃにして泣きそうだった。

「ねえ、さっきの歌がどうかしたの？　山田さんが何かしたの」

彼女が仲間に聞いた。同僚の介護士たちは困ったように口をつぐむ。みんな何が何だかわからない。

「ねえこんなに謝らなくちゃいけないほど酷いこと……向こうでしたっていうの？　山田さんは、いいお爺さんじゃないの。もう過ぎてしまったのに。いったい満州ってどこなのよ？　昔っていつのこと。何があったっていうの！」

毛布の塊が静かになっていく。

みんな見守っていた。

大橋看護師がそっと毛布をめくってみる。山田老人の目を瞑った顔が現れる。脈を診て大橋看護師が担架の方に手招きをした。眠っているのだ。若い男性介護士が二人で老人の体を担架に移す。それから部屋へ運ばれて行った。

リビングは薄暗かったので、テーブルの椅子の方でもあちこち年寄りたちが眠っていた。玉葱教授も山岸ツヤさんも熱唱の疲れで鼾をかいている。

車椅子で眠った初音さんは部屋に運ばれて行く。

『ひかりの里』全体がしーんと静まりかえった。初音さんの枕元の小さな時計が午後四時半を差している。

千里と満州美も気が抜けて頼りない感じだった。初音さんはいつもこんななんだろう、と満州美は思う。

千里が今度はコーヒーを淹れて、二人で飲んだ。それから少し早いが千里の車で帰ることにした。

「お姉さん。今夜は鍋にして一杯やりましょうよ」

千里がぽつんと言う。

パタンと低い音がしてドアが閉まる。二人の足音が消えていく。枕元から人の気配がすべてなくなると、後は初音さんの世界だけが広がっている。

東京は丸の内の復旧した駅舎の前に初音さんは立っていた。

昭和二十二年の秋である。夫の俊作さんはまだ天津で、初音さんは幼い満州美の手を引いていた。敗戦の三ヶ月前、五月の空襲でドームごと焼け落ちた駅舎は天井が落ちて空が見えていたという。

まさにこの国には天が落ちてきたのだ。終戦の年の九月から解体工事が始まって、屋根工事に入るまでそれからさらに一年余かかった。急げ、急げ、で応急復旧した丸の内駅舎ドームの外では、まだ行き交う人々の身なりは貧しい。

けれど天津から着の身着のまま引き揚げてきた初音さん親子はもっと貧しい。表の道は露店や立って物売りする人で溢れ、通るのに難渋する。

初音さんは首を伸ばして通りの向こうを見ていた。懐かしい、姉とも頼む人の姿が現れるのを待っている。

「初音さーん」

こっちへ駈けてくるもんぺ姿の女性があった。カタカタと下駄の音を立てて、手を振りながらやってくる。

辻所長の奥さんの鞠子さんである。

夫の病気で日本へ帰り、そのまま逢えなかった人だった。着物の襟がきちんと合わさった姿は質素だけれど昔のままだ。初音さんの方へカタカタと近づいてくる。

眩しい。光が迫ってくるようだ。

鞠子さんは美しい日本のようだった。カタカタと近づいて、眼をきらきら輝かせて、ひしと初音さんを抱きしめた。

「お帰りなさい」

鞠子さんの肩越しに向こうの道の、焼け残った公孫樹《いちょう》の黄葉が眼に飛び込んだ。

秋空がくるくる回ると、それからどうしたわけかすべては消えて、闇が降ってきた。


いつのまにか夜がきていた。

ここが日本か、中国かは不明である。

夜の底にいた。初音さんはどことも知れない廃屋のような建物の前に立っていた。扉を押すとギイと鳴ってごつごつした暗い石の廊下が延びていた。廊下の両側には鉄格子のはまった小さい戸が並んでいる。湿った空気が淀んで、饐えた臭いや糞便の臭いが立ち込めていた。

窓の中の牢屋はどこも無人だ。

打ち捨てられた建物らしい。一つの窓の前で初音さんは立ち止まる。中に人間らしい姿がある。襤褸をまとった老婆のような姿が、寝台に仰向けになっていた。

アヘン中毒者の末路の姿である。

生きているのか死んでいるのかわからない。初音さんが窓を覗くと、強い糞尿の刺激臭が鼻を衝いた。

「エリザベスさん」

初音さんは寝台の老婆に低い声を掛けた。

「ああ。エリザベスさん。しっかりしてください。死んではいけません。あなたは美しい。あなたは美しかった。こんな死に方をしてはいけません」

天から落ちて死んだ龍のような清王朝を呪い、満州国皇帝の溥儀に捨てられ、そうして自分の名前もとっくに捨ててしまった人……。

一夫一婦制のイギリスに憧れた、誇り高かったエリザベス。

初音さんは月明りの射す１１０号室のベッドの中で白髪頭を震わせてすすり泣いた。

9

土倉牛枝さんの部屋の前を通りかけて、千里は思わず足を止めた。半分ほど開いたドアの中から、牛枝さんの娘の強い声が廊下に洩れてくる。いつも温和な牛枝さんの娘が怒っている。珍しく母親を叱っているような声である。

「さあ、起きて。眼を開けてちょうだい。お話ししましょうって言ってるでしょ」

今まで聞いたことのない語気だ。

「ほら、わたしを見て。今日の牛枝さんの仕事は何ですか。畑へ行くの？　それとも草取り？」

問い詰めるようなその声がやむと、部屋はしんとなる。

「ああそうだ、学校に行くのよね。牛枝さんの女学校はなんていう名前だった？　教えてちょうだい」

ドアの先に衝立があるので中の様子は知れない。

どうやら娘は怒っているのではないようだ。ぼんやりした牛枝さんの意識を呼び覚ましているらしい。

「カ、ナ、モ、リ、ウ、シ、エ、さーん！　カ、ナ、モ、リ、さーん。ウ、シ、エ、さーん。聞こえますか」

娘はとうとう牛枝さんの名前を呼び始めた。牛枝さんの旧姓は金森というのだった。千里は立ち止まったまま、どうしたものかと思った。

千里たちが常日頃から恐れていたことが、ついに牛枝さんの枕辺までやってきたのではなかろうか。もしそうならそれはこちらにも、初音さんの身にも迫ってくるだろう。

そういえばこの数日、リビングで牛枝さんの車椅子を見なかった。

認知症のステージが上がると記憶している時間が退行する。女性は結婚前の旧姓よりも結婚後の現在の姓を忘れやすい。八十年も九十年も生きた年寄りには、人生の後半生の方が記憶に残るはずなのに時間の近いその部分の方がごっそりと抜け落ちる。

長い一本道を振り返って、近い時間から順にどんどん景色が消えていく理不尽……。遠い彼方の景色の方がはっきりと残って見える奇妙。

生きていく上では近場の情報こそ重要で、半世紀以上も過去の情報は必要ない。年寄りはその役に立たない思い出を抱えて生きている。死ぬまで生きているしかない。

千里は初音さんの部屋に入ると、こっちの年寄りはベッドの上でぽっかりと眼を開けていた。隣の牛枝さんと較べれば、眼を開けているだけでもましというものだ。テレビを点けてボリュームを上げてやる。午後の料理番組をやっていて、初音さんの興味を引くものではないが、部屋に人の声が響くだけでも悪くない。

クリスマスが去って、いよいよ今年も終りが近い。

千里は裁縫箱から針と糸を出して、年寄りの寝間着の繕いをする。老眼鏡を掛けて針の穴に糸を通す。齢を取ると人間の眼も遠視化現象を起こすという。記憶力も視力も後ろ向きの力の方が強くなる。この世がだんだん後ずさっていく。

繕い物がすむと、千里は初音さんを車椅子に乗せてリビングへ行った。なるだけ人に会わせたい。自宅にいたころは千里が仕事に行くと一人きりだった。あれが認知症の悪化した直接の原因だったと思う。

昨日からボランティアの来訪も絶えて、テレビの前に五、六人の年寄りの姿があるだけだ。千里がピアノのそばに初音さんの車椅子を止めて、お茶とコーヒーを用意していると、牛枝さん親子も入って来た。

「部屋にいると、うつらうつらしてしまうので」

牛枝さんの娘はそう言うが、車椅子の母親は口を半開きにしてもう居眠っている。最近の牛枝さんは口もきかず、声を掛けてもほとんど反応を示さない。いったい意識というものがまだあるのだろうか。

「大脳皮質がどんどん駄目になっていくんですね。この二年ほどで、歩くこと、座ること、物を言うこと、一つずつできなくなっていきました。ゆっくりしたスピードのようでしたけど、でも確実にここまで進んできたんです」

「牛枝さんのその進行はほかのお年寄りと較べて、早かった方ですか。それとも遅かった方ですか」

「さあ、そうですねえ」

と娘は首をかしげて、

「年取った牛が一頭、田舎の日向道をゆっくり歩いて来るような。ぽこり、ぽこり、と」

牛枝さんは本当に痩せさらばえた老牛に似ている。

「認知症の進行は人によって違いますからね。寝たきりになるまでに十年かかる人もいれば、うちの母のように数年で来てしまう人もいますし。でもその時間が早いと感じるか、遅いと感じるかは家族によってそれぞれでしょうね」

二台の車椅子を付けて、千里は牛枝さんの娘とコーヒーを飲んだ。その横で初音さんが幼児用のストローの付いたカップでお茶を啜る。牛枝さんの娘は母親の寝顔に眼をやり、

「これがもっと進むと、食べたり飲んだりする嚥下機能が失われていくようです」

「そしたらどうするんですか」

千里はそんなときの事まで考えてはいなかった。

「そのときは病院へ入れて胃瘻《いろう》の処置をする人もあるでしょうね。でもうちの母に意識があったら、そんな延命処置は望まないと思いますよ」

物が食べられなくなれば死んでゆく。それが自然な苦痛のない終わり方だと満州美も千里も思っている。介護する身内の手を合わせたくなるような願いだ。

「たとえ胃瘻の装置を付けても、次は心臓が弱っていくでしょうしね。すると心拍機能なんかも衰えて、今度は呼吸の問題も起きたりするでしょうからね」

昔は齢を取ったら死んでゆく。動けなくなったらゴールだった。分かりきったことなのに、今では何となくまだいろいろ手を尽くさねばならなくなった。人が死ぬに難しい世の中になったのだ。認知症の年寄りだけでもせめてそうあってほしくない。

「わたし、認知症って不思議な病気だと思いますね」

と牛枝さんの娘が言う。

「脳の病気っていうより魂の病気といいますか……。それが頭の方から体まで、じわじわと剝がれ落ちていくような感じですね」

「人の魂が剝がれていくんですか？」

千里はちょっとおかしくなった。

子どもの頃、机の引き出しに転がっていた雲母《うんも》を思い出した。学校の友達に貰ったのだったか、黒くつやつやした薄い鉄片みたいな小石で、表面を爪で掻くとサラサラと透き通った紙のように剝げた。

「それって雲母みたいですね」

と言うと、

「ああ、ほんと。うちにもその石ありました」

と牛枝さんの娘も懐かしそうな顔をする。

そういえば、なぜかあの石は雲の母と書くのだった。


初音さんを連れて部屋に戻ると、千里の『雀の学校』が始まる。認知症は昔の国に住んでいるので、この教室の教材は古ぼけたアルバム一冊だ。

「さあ。初音さん、こっちを向いて。今から一緒に写真を見ましょうね」

その自分の声が今し方、廊下で聞いた牛枝さんの娘の声と似ていた。ああ、自分たちはこんな幼い子をあやすような言葉で親の世話をしている。

千里は胸がじくりとする。

夫の俊作さんが黒い馬のそばに立って写っている。競馬場らしい柵と、着飾った外国人女性の姿も遠景にあった。日本に帰ってからの俊作さんとは別人のように好男子だ。帰国後の苦労がしみじみとわかる。

「さあ、このハンサムな男性はどなたかしら」

「……」

「どなたかしら」

初音さんは灰色の眼を開けている。ガラス玉みたいだ。

「この方の名前は天野俊作さんっていうのよ。知らない？」

「……」

初音さんは首を横に振る。こないだまで覚えていた夫が消えてしまったのか。俊作さんの若いときの風貌を忘れたのか、敗戦後の俊作さんの姿なら覚えているのか。それとも俊作さんという夫がいたこと自体を忘れたのか。

ふっと雲母の石が浮かんできた。

透き通った薄い欠片が石からペリペリと剝げていく。

千里はアルバムの頁を戻した。夫が駄目なら、自分の産んだ子どもはどうか。満州美が赤ん坊の頃の写真を出した。ベビードレスを着て椅子に座らされている。まだ一歳にならないくらいだ。

この赤ん坊が七十五年後の現在は杖を突いて、眉間に暗い縦皺を刻んだ千里の姉とは思いにくい。満州美は脳梗塞で半身が不自由になってから、憂鬱な表情がいつの間にか顔に張り付いている。初音さんは満州美を密かに怖がっている。

　コツコツと杖の音を響かせながら、陰鬱な影をまとってやって来る長身の女を初音さんは微かに怯えている。

「さあ、この可愛い赤ちゃんは誰でしょう」

　あなたの子よ。アルバムを近づける。

「……」

　こないだまでマ、ス、ミ、と答えていた。あたくしのあかちゃん、と指で触ってみたりもした。

「わからない？」

　首をかしげている。

「では次です」

　千里は感情を殺して頁を開いた。

「あら、ここは立派な公園みたいですね。静かそうで素敵だこと。銅像の前に女の人が立っているわ。ねえ、この人は誰でしょう」

　初音さんのペン書きの注が『天津・英国租界　ヴィクトリヤ公園』と記してあった。大きな枝を広げた橡の木の並木が白い花を咲かせている。その前の中国風の四阿《あずまや》にワンピース姿の若い日本人女性が立っている。

　まだ初々しい頃の初音さん。今の初音さんが灰をかぶったような眼でぼうっと眺めている。

「……」

「どなたかしらね」

初音さんの顔にはまるで表情がない。昔の自分の姿を見知らぬ人のようにチラと見ただけだ。

「初音さんのよく知っている人よ。ほら、思い出して」

すると赤味の失せた灰色の年寄りの口が、少しだけ仕方なさそうに動いて、

「エリザベス……」

またその名前だ。

天津時代に知り合いだったか、それとも親しく付き合った友達か、それともお伽噺か何かに出てくる女の子か？

初音さんのいた天津でエリザベスといえば、溥儀の妻・婉容の愛称を思いつくが、彼女は初音さんが天津に来る七年も前に、皇帝となる溥儀の後を追って満州へ脱出している。

「エリザベスって誰のこと？」

千里は初音さんの顔を覗き込んで訊ねた。初音さんはベッドに座ったまま茫然としている。千里に叱られていると感じたのだろうか。

やがて千里は口をつぐんだ。認知症の年寄りを追い込んでいる。年寄りの一度ばらけた記憶を縫り直す術があるだろうか。ない。アルバムを閉じると、千里は初音さんをベッドに寝かせて、洗濯物を提げると部屋を出た。

洗濯室へ行って四つ並んだ乾燥機付き洗濯機のドアを開ける。年寄りの寝間着。肌着。紙おむつ用の下穿き。タオルが二枚。年を取ると分泌物も減るので肌着は綺麗だ。皮膚はさらさらで脂気はなく耳垢も出ない。まるで人体を濾してしまったように儚い。

洗濯機のスイッチを入れながら考える。あと三日で大晦日だった。


千里が出て行くと、初音さんはゆっくり眼を開けた。

顔の上に西洋菩提樹の花房が垂れていた。

いつのまにか初音さんは大きな菩提樹の木の下のベンチに座っていた。明るい日射しが降り注いでいる。

隣には辻所長の奥さんの鞠子さんが一緒だった。

ヴィクトリヤ公園は明るくて賑やかな憩いの場だ。ここではよくイギリス兵のパレードがおこなわれ、曲芸師のパフォーマンスなど見物人を集めたものだ。

今日の公園にはイギリスやフランスや、日本の子どもたちが遊びに来ていた。

中国風の四阿の方から子どもの歌声が響いている。

初音さんと鞠子さんはそっちの方を眺めた。

イギリスの子たちが好きな『ロンドン橋落ちる』という歌だ。年嵩の二人の子が向かい合わせに両手を高く組んでアーチを作り、その下を一列に並んだ子どもたちが歌いながら潜っていくのである。

London Bridge is falling down
Falling down
Falling down
London Bridge is falling down
Lady Lee

「あら、あそこ」

と鞠子さんが列の中の一人の男の子を指さした。日本人の子は頭の毛が黒いからすぐわかる。尋常小学校の二、三年生くらい。列の真ん中辺り。

「うちの上海支店から来た川本さんの息子さんよ。正男君っていうの」

鞠子さんはよく知っている。

「上海租界で生まれたので、もう英語はぺらぺらですって」

菩提樹の花が香る。うっとりとなる……。租界の外で戦争の影が忍びよっているなんて信じられるだろうか。

英仏日三国の子たちが声を嗄らして英語で歌っている。子取りゲームの歌なので、子どもたちは歌いながら心臓をドキドキさせている。

歌は十何番まで続くが、一番毎に最後の歌詞の Lady Lee までくると、歌声がやにわに高まり、両側に立つ子の腕が勢いよく振り下ろされる。

腕のアーチの中に一人の子が捕えられる。その悲鳴を聞くと、初音さんも飛び上がりそうになる。思わずキャーッ！　と声を出す。

こうして生け贄が一人ずつ捉まっていく。

歌はどんどん進んで、子どもたちの恐怖の行進が続く。

子取りゲームは日本にもある。『かごめかごめ』もそうだ。

ただマザー・グースの『ロンドン橋落ちる』は、アーチを組んだ腕が恐怖のギロチンに見えてしまう。

鞠子さんが教えてくれた日本語の『ロンドン橋落ちる』は、初音さんもそらで歌える。

ロンドン橋が落ちまする
落ちまする
落ちまする
ロンドン橋が落ちまする
気高いレディ・リー様

人柱をささげましょう
ささげましょう
ささげましょう
人柱をささげましょう
気高いレディ・リー様

『ロンドン橋』は歌詞自体もそぞろ恐いのだ。

西暦四六年にテームズ河に最初に架けられてから、戦火に焼け落ちたり災害に崩れたり実に二千年近く、散々な目に遭った橋はそのたびに架け替えられた。

川本さんの息子は五番目に捉まった。

Lady Lee! の声と同時に、ギャーッと子どもたちの悲鳴が上がった。正男君の体はもみくちゃになって消えた。

「鞠子さん。レディ・リーって誰のことなんでしょう」

と初音さんが聞いた。

「ええ。エリザベスがエリーになって、それがリーになったのね。それでここで歌われるレディって、エリザベス一世のことじゃないかという説があるのよ」

「なぜですか」

「エリザベス一世はロンドン橋を絶対に渡らなかったんですって。わざわざボートに乗ってテームズ河を行ったのよ」

「どうして」

「エリザベスは橋が崩れないように人柱を立てていたんですって。……それで橋の上を通るのが嫌だったんでしょう。自分が命令を下したぶんだけね、いい気持ちはしなかったでしょうから」

「恐ろしいエリザベス……」

と初音さんはつぶやいた。鞠子さんは首を横に振って、

「でも十六世紀の女王様なら当然のことをしたんじゃないかしら。昔の女王は強くなければ務まらない……」

女王は強くなければね。

日盛りに歌声が響いて、金、茶、黒の頭をした子どもたちの影が幻のように躍っている。

London Bridge is falling down
Falling down
Falling down

London Bridge is falling down
Lady Lee!
Lady Lee!

不運な金髪の男の子が捉まった。

ワーッと叫び声がする。

「Heeeeeelp!」

初音さんの眼は閉じられている。瞼の裏に菩提樹の花と仔鹿のような少年たちと陽が薄れていく。やがて夢の中ではすべてがどろりと溶けて形もなくなる。


洗濯室で千里は牛枝さんの娘と一緒になると、正月に年寄りをどうしたものかという話になった。

去年の大晦日には初音さんを連れて千里は家に帰った。正月三が日を満州美も呼んで何とか家で過ごさせたが、今年は無理だろうと思う。

「いっそ大晦日の夜はここにお泊まりさせて戴こうかと」

「あら、それもいいですね」

牛枝さんの娘は身を乗り出した。一人で泊まるのなら折り畳みベッドを借りて部屋に入れることができる。満州美と二人なら空いた宿直室を借りられる。二人とも家族を持たない独り身だから、どうとでもなる。

「羨ましいです」

牛枝さんの娘は夕方の時間が気になるようだった。家族がいるので母親に掛かりきりにはなれない。それが、『ひかりの里』に牛枝さんを入れることができて、一日置きに通って来ることができるだけで有り難いという。

「でも毎日来れなくて、心配はないですか」

「ええ、それは心配のないことはないですが、それでも認知症には良いこともありますからね」

牛枝さんの娘は淡々と話した。

「じつはうちの母は、十年も前から胆管ガンを患っているんです。でも齢も齢だから抗ガン剤もほかの治療も受けないことにしたんですよ」

千里は初めて聴く話だった。

「十年もガンを抱えていて、それで変わりなかったんですか」

「はい。胆管ガンは生存率の低いガンですけど、それが未だに変わりないんですよ。認知症は不思議な病気ですね。普通ならガンが広がったり、あちこち転移するものだけど、そのまま大きくならないんです。ガンも暴れる元気がないんですね。自然に衰弱して老衰死するケースが多いんだそうです」

「ガンの末期の苦しみはないんですか」

「ええ。こちらの施設で伺っても、ガンのお年寄りで、先生を呼んでモルヒネを処方して戴いたりするお年寄りは、今まで一人もいなかったとか。苦痛がないんだそうです」

「それはどうしてなんでしょうか」

洗濯室の中で立ち話もならず、二人は廊下へ出て長椅子に腰掛けた。

「痛みも苦しみも死の不安もとくに表さないんです。認知症は喜びも感じないけど、心と体の苦痛の方も認知できにくくなるんでしょうか……」

それは究極の死に方かもしれない。

「末期ガンにはモルヒネを与えて痛みを和らげたりするでしょう。モルヒネもトランキライザーも認知症の年寄りにはいらないっていうことは、認知症の体はそれに似た恍惚物質みたいなものを、自分の中に作ってしまうんじゃないでしょうか」

牛枝さんの娘は顔を上げて深い眼をした。

「認知症も不思議だけど、そもそも人の体が不思議ですよ。うちの舅は認知症もなく九十二歳まで農業をやって元気に生きてきました。ところがその年に肺ガンになり、抗ガン剤治療その他、受けられる治療すべてを受けて苦しんで亡くなりました。半年間は胃瘻だけで口から食べ物も入れられませんでした」

牛枝さんは悲痛な顔をした。

「ただ痛みだけです。喜びも何もなかったです。意識は最後まであったけど却って無惨でした。それに引き替えて認知症の牛枝は今年の夏は西瓜を食べ、冬は好きな甘酒も飲みました。こんなガンがあるでしょうか。わたしは認知症に手を合わせたい気がします」

千里は洗濯カゴを提げたまま、のめり込むように聞いていた。うなずきながら聞いていた。


その頃、土倉牛枝さんの部屋には面会客が来ていた。ときどき牛枝さんの枕元に現われては彼女の顔をほころばせ、和ませてくれる客たちだ。いつもの通り半分ほど開けたドアから、足音も立てずに三匹そろってしずしずと入って来た。

牛枝さんは気配を感じて久しぶりに眼を薄く開けた。

「姉っさ。しばらくぶりでやんす。今日はとうとうみんなで話し合うて、おめえさを迎えにめえりやした」

年嵩の栗毛の馬が牛枝さんを見おろして挨拶をした。

ベッドのそばに並んで立っているのは弟分の鹿毛と青毛の二頭だった。

「おう、ハヤトに、ナルオに、ミツルか。会いたかった、よう来てくれた」

牛枝さんは三頭の馬の大きな眸《め》を代わる代わる見た。

馬の眸というものは何と大きくて、優しくて、従順で、つぶらで、愛らしいものだろう。

こんな大きな体をして、こんな子どものような魂をいつまでも持ち続けている。

こんな子らを海を越えた遠い戦地に行って死なせ、あるいは生きたまま見殺しの置き去りにして、人間たちは帰って来たのだ。

牛枝さんは寝たまま手を差し伸べる。温かい生きものの体熱が掌に沁みてくる。

許せ。許せ。人間ば許してくれろよ。

そのとき牛枝さんの目脂の溜まった細い眼が、ベッドの前に並んだ馬たちの足元をしげしげと見た。何か小さいものがそこにいる。

「おめらは何じゃ」

「ああ。こいつらは戦地で知り合うた軍犬と軍鳩《ぐんきゅう》でやんす。おれだちが国へ帰ると言うと、一緒に去《い》ぬると言うてついて来やした」

栗毛のハヤトがわけを言う。犬は首に所属部隊の認識票を下げ、鳩は片方の足に印の入った足環を付けている。

「おめえらも、おれ方の姉っさに挨拶ばせろ」

すると犬が座り直して挨拶をした。

「初めてお目にかかりやす。自分は軍犬の秋吉号と申しやす。軍馬の兄さん方には向こうでお世話になりました」

次は鳩が顔を上げて、

「あたいは軍鳩のアサヒ丸と申します。なりはこのように小《ち》いそうございますが、戦地では通信兵として働きました」

賢い眼をしている、と牛枝さんは微笑んだ。

「みんなご苦労じゃったのう。ありがとう。ありがとう」

牛枝さんははらはらと水のような涙を流した。

ハヤトが一歩前に来て、

「姉っさ。ここへ来る前に今日様《こんにちさま》に尋《たん》ねて来もした。すると今日様ももう迎えに行っても充分に良かろと仰せやんした。姉っさの寿命も終《し》めえのときがめえりやした。おれの背こに乗っておくんなせ」

「おう、おう。そんならちょっと待ってくれろ」

牛枝さんは窓の外の日光に合掌して、よろよろと起き上がる。今朝まで眼も開かず体も起こせなかった牛枝さんがベッドの上に起き上がった。枕元の紙箱から櫛を出して薄い頭の毛を揃え、死出の旅の身繕いをする。

それを見ていた犬が言った。

「そんなら自分もここでお別ればして、飼い主の待つ筑後に帰りやす。そこが骨を埋める所であります。みなさん、さようなら」

鳩も頭を下げた。

「あたいは故郷の広島に帰ります。あたいの親兄弟や飼い主も帰りを待っておるでしょう。それでは短いご縁でしたが、みなさん、さようなら」

「おうおう。気を付けて帰っておくれ」

飼い主が彼らを見たら何と喜ぶことかと牛枝さんは思った。犬と鳩はスッと立って敬礼をした。それからふわりと跳び上がったと見る間に姿をかき消した。

「姉っさ。ではいよいよ出立でやんす」

「おう。有り難や。この日ば今まで待っていた」

牛枝さんはベッドの上に起き上がると、栗毛の手綱を摑んでヨイショッと馬の背に乗った。


牛枝さんの娘が部屋に帰って来たとき、少し傾いた冬日の白い帯がベッドの裾を照らしていた。牛枝さんは仰向きに、さっき娘が寝かせたままの姿で眼を閉じていた。眠っていると牛枝さんの娘は思って、そのままそっと音を立てないようにして廊下へ出た。

リビングはひとけがなかった。

牛枝さんの娘はコーヒーを一杯作って飲むと、五分ほどして母親の枕元に戻った。ベッドのそばへ行ってふと顔を見てからハッと息を呑んだ。そのまましばらく動けなくて、やがて気を取り直すと深く合掌した。

微睡《まどろ》んでいるような死に顔だった。

10

大晦日の朝が来た。

この時期は商店街の歳末セールで千里の喫茶店も客が増え、ほとんど『ひかりの里』へは行けなかった。その間は姉の満州美が杖をついて朝から通ってくれたものだ。三十一日は昼までに雇いの店員たちと今年最後の掃除・片付けをして、それから千里は注連飾りの下がった店の戸に鍵を掛けた。

途中でスーパーに行って、初音さんの部屋用の小さい飾り餅セットや、年寄り用の新しい肌着、紙ナプキン、ティッシュペーパーなども買い込んで車に積み込み、『ひかりの里』へ向かった。

『ひかりの里』に着くと玄関に門松が飾られていたが、自動ドアを一歩入ると、受付の窓口には人の姿はなく奥の方も静まり返っている。迎えに来る家族がいる健常者の年寄りは、昨日から外泊許可を取って出て行った。

施設に残っているのは外泊先のない年寄りや、認知症が進んだり体の障害度の重い老人ばかりだ。ガランとしたフロアには、もう幾つ寝るとお正月、と最近はあまり聴いたことのない昔の童謡が流れている。

フロアの横から廊下を曲がると、その先に入浴室が二つある。年寄りを乗せた一台のストレッチャーと、二台の車椅子がその前に停まっていた。元日は入浴が休みなので、今日のうちに済ませるため混んでいるのだ。年寄りたちはこれから風呂に入ることがわかっているのだろうか。ぼんやりと眠りかけたような顔で自分の番を待っている。

「天野さん。初音さんはこっちのお風呂に入っていらっしゃいますよ」

播磨介護士が通り掛かって教えてくれたので、千里は初音さんの様子を見に浴室のドアを開けた。脱衣場に買い物の荷物を置いて奥の浴室を覗きに行くと、中には二つの小さな浴槽が並んでいて、天井からクレーンで吊した浴用椅子が二つ、ぶら下がっている。その椅子に裸の老婆が座らされて浴槽のお湯に沈められていた。

片方の椅子には初音さん、もう片方には１１２号室の宇美乙女さんがベルトで固定され、湯気の中に皺首を浮かべている。

「お湯加減どうですかあ」

若い介護士が年寄りに声を掛けるときは語尾を上げて引き伸ばす。幼い女の子を相手にしているようで少し気になる。

「熱くないですかあ。ちょうどいいですかあ」

この光景は昔の拷問の水責めを連想しないでもないが、お湯は適温で年寄りは心地良さそうである。

「初音さん、こんにちは」

千里は浴槽の縁にしゃがんで自分の母親の顔を見た。それから隣の浴槽にも向いて、

「コウゴさんもご機嫌いかがですか」

裸の老婆二人は半分瞼を閉じて、うんともすんとも答えない。介護士が初音さんのクレーンを湯から引き上げて、体を洗い始める。

毛を毟られた子猫みたいな初音さんの体が、たっぷりの泡にくるまれる。首、乳房、腹、下腹部。尻は椅子の向きを変え、ぶらんぶらんの骨ばかりの足の爪先、踵まで。介護士のきびきびした優しい手が、初音さんの体にくまなく入って洗い流す。

隣のクレーンも同じように上がって、もう一人の介護士が乙女さんの体を洗い始めた。がっしりした乙女さんの体軀が年を取って痩せた姿は、インドの街路で見る骨の突き出た牛を連想する。

「揃って元気に年越しができて、よかったですねえ」

初音さんを洗う介護士が声をかける。やがて全身を洗い終わると、クレーンでまた湯に沈められ、それから吊り上げられて、仕上げに温かいシャワーが掛けられる。椅子ごと上がったり下がったり。大陸から命からがら引き揚げて来たときの苦労から見れば、この世にこんな行き届いたサービスがあるだろうか。

やはり初音さんはうんともすんとも答えない。

幸福だろうか、それとも、そうでもないか。

やがてほかほかに温もった二人の年寄りが出来上がる。

「どうもありがとうございました」

千里は頭を下げて礼を言うと、荷物を持って廊下へ出た。隣の入浴室は重度障害の高齢者用の浴室で、仰向けに寝たまま年寄りがストレッチャーで中へ運ばれて行く。こちらの浴槽はストレッチャーに合わせた長方形で、寝たまま湯に浸れるようになっている。亡くなった土倉牛枝さんは長くここの浴室の世話になっていたのである。

フロアには相変わらず『お正月』の歌が流れ続けているようで、廊下まで聞こえる。テープをぐるぐる回し続けているのだろうか。もう幾つも寝なくても一年のどん詰まりまできたのである。次は良い年が来るかどうかはわからないが、グルリとこの世の大戸が回転して来年になる。

亡くなった牛枝さんの葬儀はもう終わった頃だろう、と千里は思う。どこか近在の斎場で母親の弔いをする牛枝さんの娘の姿が眼に浮かぶ。大晦日には隣同士で一緒にお泊まりしないかと誘ってみるつもりだったが、１１１号室は空き部屋になり彼女と会うことはないだろう。

入浴室を出て廊下を曲がると、ちょうど満州美がこっちへやって来るところだった。仕事を持たないこの姉は毎日ここへ朝から来ている。杖をついたその姿を見て千里はちょっとドキッとした。ここの入所者と見間違えそうである。

七十歳をとうに越えているので年齢は合っている。それに地味ときている。脳梗塞で倒れてから背中開きの服や、ボタンの沢山付いたブラウスは着なくなった。アクセサリーの類いも取り外しが面倒でやめてしまった。そして眉をしかめたような晴れない顔がくせになった。入所老人と見間違えても不思議はない。

満州美が気付いてコツコツとそばへ来た。

「洗濯機回してるの。もう乾燥すんだか見に行くところよ」

体は不自由だがよく手伝ってくれる。満州美は千里の提げた荷物を眺めて、

「今夜は宿泊室の予約が一杯で取れなかったわ。一緒に泊まろうと思ってきたけど、どうも初音さんの部屋に二人で寝るのは無理みたいね」

元日の朝をこんな所で迎えようという家族が、何組もあるとは思わなかった。初音さんのベッドの横には、マットレス一枚ようやく敷くほどのスペースしかない。部屋にはテレビを

置く台や椅子が並んでいた。

千里は年越しの晩の日本酒の小瓶と、肴の鮟肝の燻製を袋に入れて持って来ていた。家族三人揃ってあと何年、こういう正月が迎えられるかと思う。

「千里は普段から店もやってるし、もう家に帰ってゆっくりしてちょうだい。初音さんはこんところ自分でベッドから便座に降りることが上手になって、介助が簡単になったのよ」

満州美の頰に微笑が湧いている。

「わたしがこんな体だから車椅子を押せないこと、初音さんもようやくわかり始めたらしく、昨日は自分でそろそろ歩いてリビングまで行って来たのよ。初音さん、最近めっきり一人歩きしなくなっていたから、それ見てみんなで、びっくりしたのよ」

千里が来ない間に、いつしか初音さんと満州美の関係が濃くなっている。

「何なら千里は温泉にでも行ったっていいのよ。どこか山湯《やまゆ》の小さい宿なんか、空いてるかもしれない。わたし、しばらく初音さんのそばについていたいの」

千里はふと土倉牛枝さんの部屋の方を見た。無人になったその部屋と壁一枚隔てたこちらの部屋で、満州美が耄けた初音さんの相手をしながらテレビの除夜の鐘を聴くのかと思うと、うなずく気分にはならない。

洗濯室から戻った満州美が、ついでに受付に置いてあったプリントを一枚持って来た。

「初音さん。大晦日の催しが出てますよ」

風呂上がりの初音さんはテレビの前で車椅子に座らされている。その画面には大分の別府温泉の餅搗き光景が出て、威勢良くペッタン、ペッタンとやっていた。鉢巻きを締めた男たちの背後は有名な赤い血の池地獄が広がっている。

「ベップ。オオイタ、ベップ！」

初音さんがテレビを指さして小児のような声を発する。

「ええそう、血の池地獄ね。昔、わたしたち行ったわねえ」

千里が初音さんの耳のそばで言ってやると、

「チノイケ。チノイケ。ムカシ、チノイケ！」

と初音さんは鸚鵡返しに叫び立てた。

千里と満州美は顔を見合わせた。年寄りが過去の出来事に反応する素早さは急に生き返ったようで、力強く同じ言葉を繰り返す。

「チノイケ！　ムカシ、チノイケ、チノイケ！」

「はい、はい、はい。そうね。そうですか」

と千里が興奮を鎮めにかかる。

「別府では温泉まんじゅうも食べたわね。覚えてる？　美味しい美味しい温泉まんじゅう！」

初音さんは千里の押っ被せてくる声に、羽根をすぼめた鳥みたいに口をつぐんだ。
満州美の手にしたプリントには大晦日の時間表が載っている。

十二時半〜二時。　昼食
二時半〜四時半。　講話　雲海寺元御住職・稲山瑞慶師
　　　　　　　　　カラオケ・懐メロ
五時半〜六時半。　夕食
七時半〜九時。　市民コーラス『みみそら』
　場所　一階リビング
　今年も『スナック光』を開店します

年越し行事の案内だ。毎年大晦日に招かれて講話をしゃべるのは市内に住む九十七歳の元住職だが、寄る年波で去年は話の最中に椅子に座ったまま眠り込んでしまった。けれど聴く方も大半が眠っていて、双方に問題はなく、そのまましばらく寝かせていたのだった。穏やかに齢を重ねたこの老講師は、『ひかりの里』の年寄りの御守りみたいなもので、今年もやっぱり講話をお願いしようということになったのだ。
「何だか知らないけど、わたしも今夜ここに泊まるわ」

例年、満州美は自分の体調を考えて、大晦日は早めに家へ帰っていた。だが今年はここへ通う日が増えて、満州美の不自由な手足のリハビリにもなったわけだ。

「この、スナック光、って何なの」

「男性のお年寄りにはお酒が出るの」

「今まで聞いたことないわ」

「むろん希望者だけなんだけど。ビールとか焼酎などもちょっぴり出るのよ」

「ここにそんなもの飲むような男性がいるかしら」

「いるいる。二階の健常者のお爺さんたち。迎えに来ない家族もあって、寂しいお年寄りもいるわけ」


午後二時になったら初音さんを連れ出そうと、千里は腕時計を見てリビングの様子を覗きに行った。二十人ほどの食事介助の必要な年寄りたちが車椅子でリビングに集められて、八人の介護士が付きっきりで食べさせている。

二時を十分過ぎてもリビングの食事はすんでいなくて、一人の介護士が右と左に車椅子を二台ずつ並べ、カボチャの柔らか煮や白身魚を崩してとろみを付けたものを、計四人ほどの口に差し入れてやる。介護士が右の口に入れると、左の口がペッペッと皿に吐き戻す。介護士が左の口に入れ直すと、右の口がだらんと開いて居眠りを始める。

介護士の膝の上は年寄りの吐いた食べかすや、スープでぐっしょり濡れたナプキンでべとべとに汚れている。眠った年寄りの顔にもう一人の老人が、ケチャップの付いた手を塗りつける。ビニールの前垂れを外して振り回す老人。

黙々と食事の介助をし続ける若い介護士たちに千里は頭を下げたくなる。

「手伝います。片付けましょう」

千里は鶏の騒ぎの中に駆け込んで、

「皆さーん。もうすぐ和尚様が、いらっしゃいますよー。和尚様のお話が、始まりますよー」

と呼びかけた。

「和尚サン、ヨカ人」

「和尚サン、ヨカ、ヨカ」

食器を下げていると、騒ぎが静まってくる。

千里が初音さんを連れに戻ると、部屋には誰もいなかった。

廊下へ出直すと満州美が杖をついて洗濯室の方から出て来た。午前中に初音さんの衣類の片付けをしたので、洗濯物が多くてまだ終わらないと言う。

「初音さん、いなくなってるのよ」

千里はリビングからやって来て、満州美は反対の洗濯室から戻って来た。すると初音さんの抜け道は庭へ向かう裏口のドアしかない。

「歩けないと思うと、さっさと歩いちゃうのよね」

「惚けてると思うと、意外に覚えていたりしてね」

裏口へ満州美の足取りに合わせて千里は歩いた。

「初音さんを追いかけるのって難しいわね」

肩を並べて満州美がつぶやく。

「守備範囲が足りないわね。あの人たちは時空をすり抜けて行くんだから」

予想した通り裏口の戸が開いていた。庭に出ると塀の手前の林に初音さんを見つけた。履き物はないから裸足の指先が紫色に凍えている。千里が腰をかがめて背中を差し出すと、初音さんは温和しく負ぶさった。この寒空にどこへ行きたかったのか。得体の知れない魂を背中に負ぶう気持ちで千里は裏口へ戻った。


一人歩きできる初音さんを、車椅子に乗せるのは態の良い拘束である。雲海寺の老僧が講話する間、うろうろされては困るので車椅子に初音さんを軟禁してリビングへ連れて行った。昼食で大騒ぎしたテーブルは片付けられて、リビングには年寄りの車椅子と家族席の椅子が置かれている。

禿頭に冬ざれの梅の木みたいな、痩せてごつごつした老人が墨染めの衣に袈裟を着けて登場した。齢、九十七歳で演壇に立つのはさすがだけれど、マイクから流れる声はふらついて相当に不自然な抑揚がある。挨拶をする瑞慶師の背後から大橋看護師が椅子をすすめた。

老眼鏡を掛けて講師は椅子に腰を掛けると、懐から一枚の紙を取り出して広げる。車椅子から「オショーサン、オショーサン」と老婆のたどたどしい声援がした。

「はい、はい」

と講師のしわがれ声がマイクから流れて、

「年の終わりに、死ぬ話ば、いたしましょう」

家族の席から笑い声が起こった。年寄りの席がしんと静かなのは、講師の言葉が理解できないせいである。自分の息子や娘たちや、世話になる介護士の言うこともよくわからないのだから当然だ。

「死ぬ、ということば申しますと、眉をひそめる人もおらるるが、真実は、えー、決してそうではありまっせん。人間は生まれた所へ、もう一遍、帰っていかにゃなりまっせん」

そこで和尚が咳払いをしたとき、

「カエリターイ」

糸の切れた風船みたいにフワーと切ない声が上がった。

「そうです。帰らにゃなりまっせん」

「カエリターイ、ツレテカエッテェー」

後ろの車椅子の老婆が泣いている。

家族席は笑い出した。

「わしはもう、仏法の話は沢山してきました。それで今日は俳人の、正岡子規という人が言うた話ばします。正岡子規をご存知かな。柿くへば、鐘が鳴るなり、法隆寺、という俳句ば作った人です。えー、柿を食うたのが自発で、そのとき鐘が鳴ったのが、縁でありますかな」

そして和尚はふと自分の言葉に首をかしげた。

「いや、柿を食うたのが縁で、鐘が鳴ったのは……えー」

「柿ワ食ワーン。柿ワイラーン。連レテ帰ッテェー」

リビングは笑い声の渦になる。

満州美が目頭を指で拭きながら、可哀そうとつぶやいた。

「あー、よしよし。後で話がすんだら帰らせてあげるから、ちょっと待ちなさい」

と老講師。どうやって帰らせるのか。

みんなげらげら笑う。

「さて子規さんは、人間のことを、宇宙の調和の中より生まれ出た、若干の元素の塊なりとこう言うのです。みんな元は同じ酸素や炭素という、宇宙の極小成分から出来たものが、時の情況によって、お百姓の権兵衛にもなれば、天下人の太閤様ともなり、大将にもなる」

諦めたらしく老婆は黙っている。

「そこのところば人は思い違えて、金持ちは金を誇り、貧しい者は貧しさに泣く。何とおかしな有様じゃ、と子規は言うのです。そこのくだりを、子規はこう書いとります」

講師は老眼鏡を引き上げて手にした紙を読み始めた。

千里が眼を瞑って聞いていると、冬の枯れ野の倒木に一羽の痩せた鴉の姿がある。そんな情景が見えてくる。老いた鴉の掠れ声が野末に、滞り、つっかえながら流れている。

「天道も……、これは天の太陽です。……これを見かねてついに死神なるものを降し、ことごとく人間を殺したもう」

「マダ帰ランカノウ？」

小さな声がする。

「死とは人間がその調和を失いて……、再び元の若干の……元素に帰ることなり。……肉団崩れて往生せし……上からは……」

講師の声が低くなり、途切れ始める。瞼が下がり、うとうとしかけて、ハッと眼を開ける。

「寝ちゃいそうね」

千里が囁くと、満州美が笑いながら首を横に振る。

「いいえ休憩なのよ。長い一生だから、途中でときどき仮死状態になっちゃうのよ……」

老講師はまたぽっかりと眼を開けた。

続きをやる。

「肉団崩れて、往生せし上からは……酸素に貧富もなく、炭素に貴賤もなし。これを平等無差別という……」

また講師はうつむいた。

「帰リターイ」

蚊の鳴くような声がする。

「えー、仏法を学ばざる人も、一芸を貫くと、まして子規のように、長く脊椎カリエスのような大病を患うて、耐えがたい痛みの床に伏しておると、このように悟るので……ありましょう。かくして子規は……、大海のごとき生命の故郷、宇宙へと……帰っていったのであります……」

そのあたりで瑞慶師の首ががっくり前へ落ちて、しばらくすると、クゥーと鶏が首を絞められたような、妙な鼾がマイクを通しリビングに流れた。千里が場内を見渡すと、三人、五人とあちこちの車椅子でも、年寄りたちが細い首を捻られた老鶏のように寝入っている。

日が暮れる前に千里はコンビニへ、二人分の弁当を買いに行った。部屋で初音さんに夕食の介添えをするので、今夜は自分たちもここで一緒に食べて、七時半からの『みみそらコーラス』を聴いて帰ることにする。

満州美がここに泊まるかどうかは成り行きに委せる。

初音さんの食事はお粥と白身魚のすり身と、蕪にとろみを付けて煮込んだものと、ほうれん草と卵のふわふわ炒め。もう一品汁物でも欲しいところだが、夜のコーラスの合間に年越しの運ソバを出すため、量を控えているのだろう。千里が初音さんにひと口スプーンでお粥を入れてやりながら、自分はその間に定番の冷めた弁当を食べる。

昔はよく親の恩と言っていたが、今、千里がこうして初音さんにものを食べさせていることは、親が幼い子どもにしていたことである。その、親に食べさせて貰っていた期間は三、四年くらいだろうか。けれど子が老親の口に食べ物を入れてやる期間は、親が長生きするぶんだけどこまでも伸びる。今や認知症の親を看て十年などという話はざらだ。

千里は白飯を頬張りながら考える。子育てが大変なのは小学校低学年くらいまでだろうか。長くはあるが、言うことを聞かなければ親は子を撲《ぶ》つことも出来る。だが認知症の親を子どもは撲つわけにはいかない。

親の恩があるなら、子の恩だってあるのだ、と千里は涸れ井戸みたいな初音さんの口にふわふわ卵を入れてやりながら思う。

千里が会社勤めをしていた若い頃、職場の女性上司が認知症の母親を世話するため、惜しまれながら退職した。独身で仕事一筋で生きてきた。母一人子一人の暮らしだった。

様子窺いの電話を掛けると、元上司は変わり果てた自分の現在の情況を語った。食事のとき、母親に一口食べさせては、ありがとうございます、と言わせるというのだった。またひと口食べさせては、お世話になります、と言わせる。母親はうつろな眼で宙を見て、鸚鵡返しに命じられた言葉を発する。それを聞きながら彼女は、中途で手放さざるをえなかった仕事への無念や、その齢で世の中から落伍させられた孤独感に涙を流すのだった。

「ぽろぽろと、ほんとに豆みたいな涙の粒が落ちるの」

千里は慰めようがなかった。その後は電話を掛けていない。それが最後になった。

当時、老人施設の数は今よりもずっと少なかったものだ。

しかし恩といえば、子どもはせいぜい老親の口に物をいれてやり、お尻の始末をしてやるだけで、さっきの瑞慶師の話ではないが、混沌の生命の海から人の形をしたものを生み出す役割は、ほかならぬ親しかいないわけだ。今のところまだ人間は自分単独でゾウリムシみたいに湧いて生まれることは出来ない。親は要る。

六時半を過ぎて、満州美がリビングの様子を見に行った。昼と変わらない大騒動の夕食がそろそろすんで、テーブルを片付けているという。初音さんに用を足させると車椅子に乗せ、三人でリビングへ出かけた。

昼の演台は外されて、『みみそらコーラス』が歌えるように広く場所が設けられていた。リビングの壁に沿って、長テーブルと椅子が並べてある。手作りの飲み屋風の暖簾が下がっていて、『スナック光』と色紙を切り抜いた文字が貼ってある。

大橋看護師がナース帽を外して、赤いリボンを髪に止めていた。首から下は白衣だったから異様な姿である。一番乗りの客がすでにテーブルに付いて、大橋看護師にビールを注いで貰っている。小さなコップ六分目ほどで大橋看護師の手が止まる。見事なものだ。

眼を細めてコップに口を持っていくのは、『玉葱の歌』で認知症がこのところ軽減している教授である。二階からも健常者の老人たちが二人、三人飲みに来た。

『みみそらコーラス』のメンバーが入場する頃には、車椅子の年寄りがまた昼の席のように並び直していた。後ろの椅子席には自分で歩ける年寄りたちと、自宅での大晦日の支度が済んだらしい家族も加わって、昼よりはだいぶ人数が増えた。

予定より十分ほど遅れて場内が落ち着くと、リーダーの圓城美津子が年の終わりの挨拶をのべた。

大晦日に毎年最初に歌うのは『蛍の光』である。

前奏が始まると、まだ何も起こっていないのに、場内にクスクス笑う声が起こる。満州美が不審そうに辺りを眺めるので、千里が耳打ちした。

「『みみそら』の人たちはね、お年寄りのために昔々の古い『蛍の光』を歌うのよ」

「そんな『蛍の光』があるの」

「今の『蛍の光』は歌詞が二番までだけど、昔の歌詞は三番や四番があるのよ。戦前の歌だからね。わたしたちはピンと来ないけど、認知症のお年寄りの中には、この古い歌じゃないと『蛍の光』じゃないと思い込んでる人が一杯いる」

歌は老人の記憶力を復活させる、強力な回復剤だ。

以前に『みみそらコーラス』が、或る施設で『蛍の光』をいつものように歌い終わったとき、

「その後はどうした！」

と認知症の老人たちが禿げ頭を振って怒り出したのだ。大事なフレーズがまだ歌われていないと言って騒ぎ出した。

それから圓城美津子が明治・大正から昭和の終戦期までの歌詞を調べると、なるほど三番、四番の奇妙な歌詞が見つかった。明治十四年、小学唱歌として出た版で、スコットランド民謡を原曲にした題名は『蛍』というものだった。

そのいきさつは今月の『みみそら便り』の紙面に記されていた。

コーラスが始まった。一番、二番は元のまま。それから三番に入った。

つくしのきはみ《極》　みちのおく《陸奥》
うみやまとほく　へだつとも
そのまごころは　へだてなく
ひとつにつくせ　くにのため

国のために尽くせというのである。軍国日本の学校の卒業式に長く歌われた。門出の歌、はなむけの歌として教えられた子どもたちの、大半はもうとうに亡くなり生き残っている残り少ない年寄りが今、生涯の最晩年を迎えている。

子どもの頃に教え込まれた歌は消えない。

千島のおくも　おきなはも
やしま《八洲》のうちの　まもりなり
いたらんくにに　いさを《勲》しく
つとめよわがせ《背》　つつがなく

明治八年、ロシアとの樺太千島交換条約で、日本は海産資源の潤沢な樺太を放棄して、千島列島と交換した。その少し前の明治五年には琉球を吸収する。今でいう沖縄のことである。というわけで千島も沖縄も、八洲つまり日本の領土となっていたから国の護りに努めねばならなかった。

ところがその後、日清戦争で清国から台湾を手に入れ、日露戦争ではロシアに報復の勝利を果たして南樺太を取り戻したことで、四番の歌詞を作り直すことになる。

領土の変遷が繰り返されると、歌詞も変転するのである。

それで『みみそら』が大晦日に歌う『蛍の光』の四番は、日清・日露戦争後の歌詞に落ち着いて、ここ数年は昭和五年版を使っているという。

戦前の歌詞といっても昭和も五年くらいに遡ると、聴く方の年寄りもしだいに減ってきている。明治はすでに遥か遠く、大正最後の年に生まれた老人たちも九十歳を越えるようになった。彼らが学校で習った『蛍の光』は昭和五年版の方が多く、耳に馴染んでいるのである。圓城美津子のピアノ伴奏で『みみそら』は歌った。台湾、南樺太も手中に入れた大日本帝国時代の小学唱歌である。

台湾のはても　樺太も
や《八》しま《洲》のうちの　守りなり
いたらん国に　いさ《勲》をしく
つとめよわがせ《背》　つつがなく

年寄りたちもハッとしたように歌い出した。めいめいが勝手に歌うのでメロディはどろどろにおぞましく崩れ、何の歌なのか分からない。二階から聴きに来た老人が突然、大きな声で叫んだ。

「コーラスさん！　その歌は続きを作らにゃならんぞ。最後は全部失《の》うなってしまうたからのう！」

満州美が小声でささやいた。

「どう歌っても苦情が出るわね」

一礼してコーラスが引っ込むと、次は若い女性介護士が二人で「はーい」と手を上げた。飛び入りである。向こうで聴いている『スナック光』の老人たちが声援を送った。

白衣の娘が二人出てくると声をそろえて『船頭さん』を歌い出した。片手にメモ紙を握っているのは、これも古い歌詞を書き写して来たのである。

雨の降る日も　岸から岸へ
ぬれて船こぐ　おじいさん
今日も渡しで　お馬が通る
あれは戦地へ　行くお馬
ソレ　ギッチラ　ギッチラ　ギッチラコ

場内のあちこちから拍手が起こる。

千里の隣で静かに見ていた初音さんが、そわそわと辺りを首をまわして眺めている。初音さんはクリスマス・イヴの夜に、いきなり『チンライ節』を歌ったが、今夜もその気になり始めたのだろうか。灰色の目玉が誰かを探している。そして目当ての人物を見つけたらしく首を伸ばした。

初音さんが眺める前の方には、ビールのコップを片手に立ち見している玉葱教授の姿がある。今度は彼が手を上げた。そして介護士の娘たちと入れ替わって前へ出て来た。

「ぼくも歌わせて」

圓城がマイクを渡し、

「はい、先生。待ってました。お歌は何ですか」

「『グッド・バイ』だ」

圓城がうなずいてピアノの前に座り、すぐ前奏を弾き始める。玉葱教授はコップをピアノに置くと、片手はマイクを握り、もう片手をひらひら上げて踊り出した。

グッド・バイ　グッド・バイ　グッド・バイバイ
とうさんおでかけ　てをあげて
でんしゃにのったら　グッド・バイバイ

グッド・バイ　グッド・バイ　グッド・バイバイ

はらっぱであそんだ　ともだちも
おひるになったら　グッド・バイバイ

手差し、足差しで踊る教授に拍手が湧いたとき、車椅子の席から老人の破れるような怒声が飛んだ。一人の禿頭の痩せさらばえた年寄りが、ぶるぶる震える手の指で教授を指弾しているのだった。

「敵性言語じゃ！」

「貴様！　この歌は敵性言語で禁じられたのを知らんか！　所属と名を言え」

憲兵、憲兵、えずか《怖いわ》なァ、と声がする。

玉葱教授はカッカッカッと笑い飛ばすと、ビールの酔いで少し赤くなった顔に笑みを浮かべて、またひときわ大きな声で歌い出した。

お庭に　咲いた
もくせいも
風で　散ったら
アディーユ《さようなら》！

赤い　夕やけ
お日さんも
沈んで　いったら
アディーユ！

「黙れ、黙れ、米語も仏語も許さんぞ！」

車椅子の老人が怒鳴り続ける。仕事一筋、毛筋一本の行為も見過ごさない。「まあまあまあ、おじいさん」と隣で息子らしい会社員風の男が宥めている。そのとき千里の横で初音さんがもぞもぞし始めた。そろそろと車椅子から立ち上がって、それから一歩一歩歩き出した。

「あらあら、大丈夫かしら」

と圓城美津子が歩み寄って手を伸ばした。初音さんは同志のように玉葱教授の横へぴたりと並んだ。

「おう、これはこれは。美しいエリザベスさん！」

教授が大仰に身を震わせて言った。

初音さんは彼の手のマイクをそっと取る。だがマイクの扱い方が要領を得ないので、圓城が握り直してやった。それから場内はしんとなって、初音さんの喉からどんな声が出るか、見えない蜘蛛の糸が部屋中から投げられたように、初音さんの姿だけが浮き上がる。

「ようこそ、ようこそ、エリザベスさん！」

教授が女神を仰ぐように言った。

「エベッさん」

誰かが呼んだ。

たちまち「エベッさん」「エベッさん」「エベッさん」「エベッさん」と初音さんに声援が送られる。頬を赤らめて、鶏の首のような喉元を伸ばすと初音さんは少し掠れた声で歌い出した。

赤い夕やけ
お日さんも
沈んで　いったら
サイジィエン《再見》

みんな　いつかは
また　あえる《会》
そうだと　うれしい

サイジィエン

拍手が湧き上がった。

「サイジィエン」

「サイジィエン」

「サイジェン」

と年寄りの声があちこちから飛ぶ。大陸から引き揚げて来た人々だろうか、流暢な中国語だ。怒声を上げていた老人は客席に首を引っ込めて見えなくなっている。播磨介護士が歌い終えた初音さんの手を引いて、千里のところまでつれて帰ってくれた。

厨房の方から香ばしいカツオ出汁の香りが流れてきた。

年越しの運ソバが出される時間だ。介護士たちが運ソバの盆を運んで来る。

「お姉さん。ちょっと行ってくるわ」

千里はソバの椀を運ぶのを手伝いに立ち上がった。

『みみそら』グループはスナックの長いテーブルに腰掛けた。椀の中には何口かのわずかなソバが沈んでいるだけだが、出汁の香りがリビングの空気を和ませて広がる。千里が後ろの車椅子の方へ盆を運んで行くと、宇美乙女さんと娘の姿があった。声を掛けようと近寄ると、今夜も乙女さんは車椅子にもたれてすやすや眠っている。乙女さんの娘にソバの椀を渡し挨拶を交わしてその場を離れた。

ソバを配りながらまわっていくと、リビングの掛時計はまだ九時少し前だった。十二時の除夜の鐘をテレビで聴くにはだいぶ時間があるのに、歌がやむと認知症の進んでいる年寄りはいつの間にかあちこちで眠り始めた。その姿は生きている間のわずかな休憩を、隙あらばむさぼっているように見えた。

手伝いを終えて千里が戻って来ると、車椅子の中で初音さんもだらりと草が萎れたように伸びて眠り込んでいた。運ソバを一口も食べさせる間がなかった、と満州美が言う。

「向こうでも神功皇后さんがおやすみだったわ」

と千里は笑った。

ところで、初音さんはどこの国の、どんなエリザベスという女性になりきっているのだろう。正体不明、出所不明のエリザベスである。

千里は満州美と年越しのソバを食べると、眠った初音さんを乗せて車椅子で部屋に戻った。年寄りの睡眠は犬や猫のように浅く短い。部屋のドアを開けると、ハッと灰色の眼を開ける。ベッドに寝かそうとすると、いやいやをして起き上がり、ドアの方を窺った。やれやれ、二人は顔を見合わせる。

「外には誰もいませんよ」

けれど初音さんは千里の手を払って、足を床に下ろした。また何処かへ出るつもりである。

そろそろとドアの方へ歩いて行く。仕方なく千里は逆らわないでドアを開けた。壁に映る影法師のように初音さんは出て行った。

リビングではなく、やはり裏口の方へ向かっている。

「大丈夫よ。さっき裏を見たら、鍵はちゃんと閉まっていたから」

と満州美が言う。

二人は部屋の中にじっと座っていた。ドアは開けたままだ。初音さんは廊下を曲がって消えたが、案の定またそろそろと戻って来た。千里と満州美は知らないふりをしていた。初音さんはドアの前で逆戻りして、もう一度、裏口の方へ歩いて行く。また影を引きずって戻って来る。

それを何回か繰り返した。疲れたように初音さんが部屋のドアの前に佇んだ。道端で行き暮れた人のようだ。

満州美がドア越しに、丁寧に声を掛けた。

「あのう、どちらへお出でになるのか存じませんが、今夜はもう日も暮れました。よろしければ、うちで一晩お泊まりになりませんか」

初音さんは見咎められた子どものようにもじもじしている。

「温かいお布団も用意がございます。どうぞゆっくりおやすみください」

初音さんがコックリした。

「はい。どこのどなた様か存じませんが、ご親切に有り難う存じます。それではお言葉に甘えさせて頂きます」

ひょろりと初音さんが入って来る。千里が抱き止めると初音さんの手がほこほこと温かった。眠ると人の体温は下がる。そのため寝入りばなに体表から放熱をするのである。温い動脈血が初音さんの手足を満たし始めている。そうよ、寝なさい。

「ではどうぞここへ横になられて」

「痛み入ります」

初音さんを寝かせて布団を掛けて、襟元を叩いてやる。

今度はもう大丈夫。年寄りは間もなく今度こそ落ち着いた眠りに入る。それをみはからって赤ん坊にするように布団の端をめくり、夜間の紙オムツを当てた。

千里が帰り支度を始めると、満州美も思案顔になった。

「どうしよう。泊まってあげてもいいんだけど」

千里は手を止めて姉を見た。

「大丈夫よ、寂しくなんかないわ。初音さんには友達が沢山いるんだから」

リビングでさっき初音さんに声を掛けた年寄りたち。それから千里たちの知らない大陸で出会った名も知らない女性たち。初音さんは時空を超える。

「そうね、そんならわたしも帰らせて頂くわ」

満州美はうなずくと、泊まり支度を入れたボストンバッグを左手に提げ、杖を右手に摑むと立ち上がった。

おやすみなさい、初音さん。

この作品を書くにあたり、左の三冊の本に多くの啓発を得ました。
『続・天津今昔招待席　――租界、にんげん模様』田中良平（眺《ティアオ》刊）
『天津の日本少年』八木哲郎（草思社刊）
『驚きの介護民俗学』六車由実（医学書院刊）

また、この小説を書くにあたり左記の友人、それから私の家族の体験を参考としました。
古賀紀代美さん。出口敬子さん。夫の村田雅省。
その他、多くの引揚げ体験、また家族の認知症体験を語って下さった方々にお礼申し上げます。

そして、この作品執筆の強い契機となった歌人・松村由利子さんの短歌を、感謝の念とともにここに掲げさせて戴きます。有り難う御座いました。

もう誰も私を名前で呼ばぬから
　エリザベスだということにする

歌集『大女伝説』（短歌研究社刊）より

初出
「新潮」2016年４月号、６月号、
８月号、10月号、12月号、
2017年２月号、５月号、７月号、
９月号、11月号

JASRAC 出 1810708-902

エリザベスの友達《ともだち》

著者

村田喜代子《むらたきよこ》

発行

2018年10月30日

2刷

2019年1月30日

発行者　佐藤隆信

発行所　株式会社新潮社

〒162-8711 東京都新宿区矢来町71

電話　編集部 03-3266-5411

読者係 03-3266-5111

http://www.shinchosha.co.jp

印刷所

大日本印刷株式会社

製本所

加藤製本株式会社

乱丁・落丁本は、ご面倒ですが小社読者係宛お送り下さい。
送料小社負担にてお取替えいたします。
価格はカバーに表示してあります。

ISBN978-4-10-404105-3　C0093